밤을들려줘

초판 1쇄 발행 | 2015년 3월 25일
8쇄 발행 | 2024년 12월 20일
지은이 | 김혜진
펴낸이 | 최윤정
펴낸곳 | 바람의 아이들
만든이 | 최문정 이창섭 이민영 양태종 이소희
등록 | 2003년 7월 11일(제312-2003-38호)
주소 | 03035 서울시 종로구 필운대로 116 신우빌딩 5층
전화 | (02)3142-0495   팩스 | (02)3142-0494
이메일 | barambooks@daum.net

ISBN 978-89-94475-55-4 44800
ISBN 978-89-90878-04-5(세트)

「이 도서의 국립중앙도서관 출판예정도서목록(CIP)은 서지정보유통지원시스템 홈페이지(http://seoji.
nl.go.kr)와 국가자료공동목록시스템(http://www.nl.go.kr/kolisnet)에서 이용하실 수 있습니다.(CIP제
어번호: CIP2015004202)」

김혜진 지음

바람의아이들

.

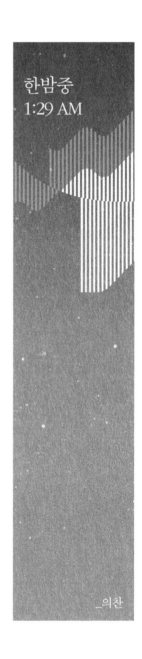

한밤중
1:29 AM

_의찬

"너 그거 들었어? 연습생들이 하는 게 또 있대, 세타나인 콘서트 말이야."

페페 형이 엄청난 비밀을 얘기하듯 속삭였다.

"지금 안무 연습하잖아요."

8월에 있을 세타나인 콘서트에서 남자 연습생 전체가 두 곡에 백댄서로 들어가기로 되어 있다. 갑작스레 떨어진 사장님 명령이었다. 형들은 펄쩍펄쩍 뛰며 좋아했지만 나는 그것 때문에 미칠 지경이다.

"아니, 그거 말고 더 엄청난 게 있다니까."

"야, 박의찬."

아……. 정우 형이다. 페페 형은 주춤주춤 일어나더니 슬그머니 내 옆에서 빠져나갔다. 같이 좀 있어 주지. 정우 형은 나를 싫어한다. 춤을 못 춘다고 까고, 정식 오디션을 보고 들어온 게 아니라고 씹고, 저는 꼭 여우처럼 생겨 놓고 나보고 둔하게 생겼다고 지적질하고.

"너 네비 형 숙제 해 왔냐?"

정우 형이 삐딱하게 물었다. 줘 보라고 손을 내밀기에 얼떨결에 종이를 건넸다. 보컬 레슨 숙제인 노래 가사 바꿔 쓰기, 진짜 정성 들여 해 온 건데. 좀 불안하다.

"야, 이거 나 줘라. 넌 다른 거 많잖아. 다른 거 내."

내 가사 수첩 얘기다. 앞으로 내가 만들 노래들과 좋아하는 노래들 가사 바꾼 걸 틈틈이 메모하는 건데, 지난번에 연습실에서 수첩을 꺼냈다가 형들한테 뺏겨서 한참 놀림 받았었다.

"왜, 싫어? 싫으면 네비 형한테 일러라, 새끼야."

나쁜 새끼. 차라리 돈을 뺏어라. 내가 마음을 다해 쓴 가사를 뺏다니. 네비 형이 정우 형 칭찬하는 걸 참고 들어야 한다니.

"합격. 웬일이야, 요즘 책 좀 읽나 보다?"

그렇지만 정우 형은 노래는 제대로 못 했다. 가사를 보면서도 버벅거려서, 결국 네비 형이 중간에 음악을 멈추고 한 소리 했다.

"가사만 잘 쓰면 뭐 하냐, 그걸 입에 딱 붙게 연습을 해 왔어야지. 합격 취소다. 다시!"

고소했다. 웃음이 삐져나오려는 걸 정색하고 참았다.

정우 형이 다시 노래하는데, 조용히 문이 열리더니 시리 형이 들어왔다. 우와⋯⋯. 시리 형은 네비 형에게 꾸벅 인사를 하고 의자를 끌어와 앉았다. 자꾸 힐끔힐끔 보게 된다. 나한테는 세타나인만큼이나 연예인 같은 형이다.

스물한 살. 연습생 4년차. 연습생들 중 맏형이자 1팀 리더. 1팀에는 딱 세 사람만 있다. 시리 형, 미국에서 온 원용 형, 나랑 동갑이지만 연습생 경력은 3년째인 은기.

1팀으로 올라가면 바로 데뷔 멤버가 되는 거라고 했다. 1팀 사람들은 자주 보지도 못하는데, 보고 자극 받으라는 네비 형 뜻을 따라 네비 형 보컬 수업만 섞어서 한다. 지난주에는 은기가 왔다.

"늦어서 죄송해요. 강헌이 형이 트랙 손봐 놓고 가라고 해서."

정우 형 차례가 끝나자 시리 형이 말했다.

"괜찮아, 알고 있었어. 다음, 페페."

"아, 네비 형, 의사 선생님이 나 노래하지 말래요."

페페 형은 어리광 섞인 목소리로 말했다. 목감기가 걸렸다는데, 자기 관리 못한다고 어제 실장님한테 엄청 혼났다. 나보다 한 살 위 고1이고, 연습생들 중에선 제일 친하다. 얼굴도 까맣고 쌍꺼풀이 진해서 처음엔 외국인이고 페페가 본명인 줄 알았는데, 알고 보니 순 토종 한국인 김진영이었다.

"어쭈. 그래서 숙제도 안 해 왔어? 땡땡이치겠다 이거냐?"

"진짜요, 오늘은 주사도 맞았어요."

"그럼 너 여기서 윗몸 일으키기 백 번 해. 복근 단련."

페페 형은 투덜거리며 일어나더니 바닥에 매트를 깔고 누웠다. 네비 형이 대충 말하는 거 같아도 흘려들었다간 큰일 난다.

네비 형은 세타나인 곡도 거의 다 작곡, 편곡하고 프로듀싱한 프로듀서이다. 원래 보컬 선생님이 따로 있는데 일주일에 한 번은 네비 형이 봐준다. 그게 얼마나 대단한 건지 아냐고, 세타나인도 네비 형한테 디렉팅 받는다고 페페 형이 입에 거품을 물면서 강조했었다.

첫인상은 별로였다. 네비 형 레슨에 처음 들어갔을 때 들은 소리 때문에. 네비 형은 책상에 턱을 괸 채 심드렁하게 말했었다.

― 노래해 봐라. 어디서든 누구 앞에서든 노래할 수 있어야 해. 노래로 먹고 사는 게 장래희망이잖냐.

이젠 네비 형의 말을 조금은 이해한다. 노래해서 먹고 산다, 그게 한 마디로 정의 내린 내 꿈일 수도 있다는 걸. 어쩌면 연습생 생활하면서 얻은 건 이런 현실감일지도 모르겠다.

그다음은 시리 형. 형이 고른 음악 MR이 나오는데…… 어, 내가 숙제로 낸 노래다. 정우 형이 가져간 것 대신 가사 수첩에서 급하게 고른, 세타나인 정규 2집에 있는 발라드 〈잊을게〉. 1팀 사람들은 가사 숙제 면제라서 시리 형은 원래대로 불렀다. 1팀은 가사 바꾸는 수준이 아니라 아예 자작곡을 만들고 그걸로 점검 받는다고 들었다.

손끝에 남은 네 온기가 사라지기 전에
마지막 할 말들을 끌어모은다
가지 말라는 말은 그 안에 없다
돌아설 미련이 없는 너를 알기에

너와 나눈 시간들이
산산이 흩어지고
이렇게 끝나면 남는 것은 나 혼자이지만

시리 형은 정말로, 잘한다. 형의 노래를 듣고 있으면 가슴 깊은 곳이 울렁인다.

"좋아, 시리. 마지막은 좀 더 쓸쓸하게 불러도 좋을 것 같아. 너무 애절하게 잡으려 하지 말고, 잔잔하게."

시리 형은 네비 형이 말하는 대로 딱 맞춰서 다시 불렀다. 저렇게 하면 되는 거구나, 하나도 놓치지 않으려고 귀 기울여 들었다.

"그럼 다음, 의찬이. 어디 보자. 음……. 그래. 한번 불러 봐."

일어나서 목을 가다듬었다. 시리 형이 방금 부른 곡이라 더 긴장했는데, 첫 소절을 부르자 마음이 편해졌다.

손끝에 남은 네 온기가 사라지기 전에
마지막 할 말들을 끌어모은다
그만둔다는 말은 그 안에 없다
포기할 마음이 없는 나를 알기에

포기하고 싶진 않아
온 힘 다해 붙잡는다
이렇게 끝나면 남는 것은 나 혼자이기에

노래 속의 너는 누구일까. 짧게 좋아했던 여자애들은 이 정도로 절실한 감정에는 어울리지 않는다. 막연하게 어딘가 있을 누군가를 상상하고, 그리로 달려가는 나를 구체적으로 떠올린다. 포기하지 않는 건 자신 있다.

음악이 끊겼다. 번쩍 정신이 들었다. 네비 형은 노트북 모니터 화면을 들여다보고 있다.

"음정이 많이 틀린다."

기운이 쭉 빠졌다. 오늘도 역시나 똑같은 지적이다. 늘 그렇다, 음정과 박자가 흔들린다고.

"근데…… 왜 듣기는 좋았지?"

네비 형이 혼잣말처럼 말했다. 귀가 쫑긋해졌다.

"짜식, 어쨌든 좋다니까 좋냐? 음, 느낌이 살았어. 꽂혀서 부르는 거 같더라. 하긴 의찬이 넌 그건 잘하지. 그 감정 그대로 음정만 맞춰서 부르면 진짜 괜찮을 거 같아. 근데 음정 신경 쓰다 보면 몰입이 잘 안 되려나? 그러니까, 있잖아."

네비 형은 의자 등받이에 기대더니 빙글빙글 의자를 돌리며 생각에 잠겼다.

"진짜로 네가 몰입할 때면 말이야, 음악이 그냥 소리로 흘러가지가 않아. 소리가 보여. 무슨 말인지 알아? 네가 정말로 견고한 뭔가를 만들어 내고 있다는 걸, 스스로 알게 돼."

내가 멍한 표정을 하고 있었나 보다. 네비 형은 그냥 다시 해 보라며 반주를 틀어 주었다. 음정을 맞춰서, 그리고 감정은 그대로.

"아냐, 뻣뻣해. 차라리 아까가 나았다."

긴장하지 말자. 양손으로 뺨을 찰싹 치고, 다시 시작.

"합격."

노래가 끝나자 네비 형이 담백하게 말했다. 얼굴이 달아올랐다.

"너에 대한 노래인데, 나에 대한 노래로 바꿨지. 그 정도가 너한테 맞나 보다, 아직은. 상대보다 나 자신이 더 중요할 때이니까. 노래도 그 톤에 맞게 잘 불렀고. 근데 포기란 말이 두 번 반복되는 건 고쳐도 좋을 것 같네. "

아, 좋다. 진짜 좋다. 이 기분 그대로 춤도 잘 출 수 있으면 좋겠다…….

하지만 역시나, 안무 연습 때는 엄청 깨졌다. 박의찬! 내 말 듣긴 들었냐? 제대로 안 해? 야! 안무 선생님인 채선 형이 내 동작을 지적할 때마다 정우 형 비웃는 소리는 덤이었고.

"안녕히 들어가십시오! 수고하셨습니다!"

회사 앞에서 다들 뿔뿔이 흩어졌다. 지방 사는 형들 중에는 회사에서 마련해 준 숙소로 가는 형도 있고, 친척 집으로 가는 형도 있다. 엄마가 매일 데리러 온다는 은기는 언제나처럼 바로 앞에 주차된 검고 큰 승용차에 탔다.

나는 버스를 탄다. 집까지는 40분, 버스를 타고 집으로 가는 이 시간이 좋다.

버스 안은 에어컨 덕에 시원하다. 맨 뒤 창가 구석 자리에 앉아 이어폰을 꽂고 창문에 머리를 기댔다. 오늘의 BGM은 세타나인 세 번째 미니앨범 〈Gray〉. 쿵쿵, 인트로의 비트에 맞춰 가슴이 뛰

16

면서 긴장이 풀린다.

배경음악 없는 세상은 너무 심심하지만 멜로디가 거리를 걷는 사람들에, 나무에, 차들에, 쓰레기통 위에 얹히고 공기 중에 섞이기 시작하면 세상은 다른 곳이 된다. 어둠 속의 불빛들이 별처럼 빛난다.

가사 수첩을 꺼내 무릎 위에 올려놓고 흔들리는 차에서 삐뚤빼뚤 글씨를 쓴다.

변함없는 풍경 속에 매일 새로워지는 건
멈추지 않는 내 마음뿐인 것 같아……

연습생이 된 지 이제 4개월. 봄방학 즈음해서 애들 사이에 노래 동영상을 찍어서 기획사에 보내는 게 유행을 했었다. 나도 반쯤 재미 삼아서 보내 봤는데, 연락이 온 거다. 나 말곤 연락 받았다는 애가 하나도 없었기 때문에 처음엔 사기 당하는 게 아닌가 의심했었다. 도저히 믿기지가 않았다. 내가 제일 좋아하고 동경하는, 세타나인이 있는 회사였단 말이다.

엄마랑 같이 회사로 찾아가서 사장님과 기획팀 사람들 앞에서 노래를 불렀다. 엄청 떨었기 때문에 떨어질 줄 알았는데 같이 해보자는 말을 들었다.

엄마는 반대했다. 아빠가 편들어 주지 않았으면 못했을 거다. 아빠 논리는 단순했다.

— 얘가 공부 머리가 있어, 운동을 잘하길 해. 하다 그만둬도 뭐라도 배워 나오겠지.

막상 연습생이 되어 보니 아빠 말이 맞았다. 보컬 레슨, 댄스 레슨, 체력 단련, 외국어…… 숙제도 엄청 많아서 레슨 없는 시간에는 그걸 하고 있어야 한다. 거의 자정이 되어서야 일과가 끝나고 주말에도 못 쉰다. 그만둘 애들은 빨리 그만두라는 뜻에서 처음에 더 빡세게 돌린다고, 버티면 좀 나아진다고 페페 형이 말해 줬지만 4개월이 지난 지금도 여전히 힘들다.

난 끝까지 버텨서 살아남을 거다. 이 기회를 잡을 거다. 하지만 춤 때문에 발목 잡히는 기분이다. 원래 춤을 춰 본 적도 없었고 형들이 워낙 잘하니까 내가 못하는 게 더 티가 난다.

깜박 졸다가 버스에서 뛰어내렸다. 아파트 엘리베이터가 내려오는 그 짧은 시간, 그 좁은 공간에서 춤을 춰 본다. 앞에 거울이 없으니까 하나도 틀리지 않는 것 같다.

집에 들어가니 거실 소파에 누워 선잠을 자던 엄마가 부스스 일어났다.

"왜 아직도 안 잤어?"

미안한 마음에 더 퉁명스럽게 물었다.

"너 오는 거 보고 자려고. 배 안 고프니?"

엄마는 식탁 위에 간식이 있다는 말을 하고서 자러 들어갔다. 안녕히 주무시라는 말은 입안에서 뭉개졌다.

엄마가 만들어 놓은 유부초밥을 먹으면서 보컬 수업 때 네비 형이 찍어서 보내 준 노래 영상을 보았다. 아, 여기 음정이 이상했다. 여기는 호흡을 잘못했고. 레슨 때 찍는 영상은 기획팀과 사장님한테까지 올라간다는데, 사장님이 이걸 보셨으면 무슨 생각 하셨을까. 쪽팔린다, 진짜. 근데 사장님은 내 건 안 봤을지도 모른다. 막내 연습생 노래하는 거까지 일일이 점검할까, 1팀이라면 몰라도.

그러다가 놓칠 뻔했다. 벌써 1시가 넘었다. 방 불을 끄고 창문가에 앉아 기다린다. 곧 침대 맡에 둔 전자시계가 빨갛게 1:29 AM이라고 알려 준다.

1시 29분, 밤의 한중간. 내가 좋아하는 시간.

그런 생각을 한 적이 있다. 어둠이 깊어질수록 별은 더 밝게 빛난다고. 지금이 가장 어둡고 그래서 가장 밝은 시간이다. 연습생이 되고부터 거의 매일같이, 이 시간이면 밤하늘을 본다.

깜깜한 밤하늘을 보고 있으면 내가 오늘 하루를 살았다는 것이, 그리고 이제 밝아 올 또 다른 하루를 살아갈 것이라는 게 몸에 스며들듯이 느껴진다.

언젠가는 바로 이 시간에 대한 나만의 노래를 만들고 싶다. 내가 이렇게 살아 있다는 것에 대한 노래.

제목은 물론 1:29 AM.

그게 내 꿈이다.

"한 번에 가자, 한 번에. 알겠지? 박의찬, 너만 정신 차리면 된다!"

채선 형이 손가락질하며 말했다.

네! 대답만은 크게 하지만 조마조마했다.

남자 연습생은 모두 아홉 명이고 내가 나이로도, 들어온 순서로도 막내다. 원래는 다 같이 모일 일이 별로 없었는데 그 세타나인 백댄서 무대 때문에 요즘은 매일 같이 연습하고 있다. 곡은 〈Lover〉와 〈Imitation〉. 준비 시간이 너무 짧다고 채선 형이 반대했다지만, 사장님 뜻을 꺾을 사람은 없었다.

1팀 시리 형, 원용 형, 은기는 물론이고 다른 형들도 다 잘한다, 나만 빼면. 정확히는, 나랑 태승 형이 문제다. 태승 형은 작년에 들어온 스무 살 형인데 노래는 엄청 잘하지만 완전 몸치이다. 대신 엄청난 노력파라서 밤새고 연습해서 어떻게든 따라 한다고 했다. 태승 형은 작년에 연습해 놓았다는 〈Imitation〉은 완벽한데, 이번 신곡 〈Lover〉는 내 수준이다.

"미치겠네, 진짜. 너 박치냐? 아님 노래가 안 들려?"

채선 형이 코앞에 와서 말했다. 원래는 이렇게까지 혼나지는 않는데, 채선 형도 지금 장난 아니게 신경이 날카롭다.

"아, 저 자식을 빼고 할 수도 없고."

채선 형 말이 칼처럼 날 찌른다. 땀이 눈에 들어가서 따가웠지만 손을 들어 닦지도 못했다.

내 앞에 선 시리 형이 돌아봤다. 너무 창피해서 사라져 버리고 싶었는데, 시리 형 목소리가 들렸다.

"팔을 미리 뻗으면 안 돼. 버려, 하는 가사 듣고 하나 둘 셋에 펴."

무시하는 느낌이 전혀 없는 말. 눈물이 찔끔 나려는 걸 겨우 참았다.

"안 한다고 하면 안 되냐?"

동훈이가 캔커피를 따며 물었다.

여름방학 전에 대청소한다고 해서, 우리 반 담당인 체육관에 왔다가 슬쩍 빠져서 급식실 뒤로 왔다. 나무 그늘 아래에 있으니 제법 바람이 불어 시원했다. 차가운 캔을 옷 속에 넣고 굴렸다.

"사람도 많다며, 아홉 명? 근데 그거 많은 것도 아니다. 유성은 연습생만 수십 명이라던데."

우리 반에서 유일하게 내가 연습생 하고 있다는 걸 아는 애가 얘다. 다른 애들한테는 얘기를 안 했다. 괜한 관심을 끌기 싫고, 혹시 잘리기라도 한다면 쪽팔릴까 봐서다.

"그치. 내가 제일 많이 틀린다고. 나 때문에 자꾸 멈추고 그러니까 진짜 눈치 보인다."

"빠지겠다고 해."

동훈이는 아주 쉽게 말하곤 커피를 한 모금 마셨다.

그게 생각만큼 쉬우면 내가 고민을 하겠냐, 하고 싶은 말은 차가운 커피와 함께 도로 삼켰다.

"노래만 하면 됐지, 왜 춤까지 춰야 되냐. 발라드 부르면 되는데."

"모르는 소리 하고 있네. 야, 그러려면 네가 진짜 진짜 노래를 잘해야 돼."

동훈이가 한심한 표정으로 내 코앞에 대고 손가락을 흔들었다.

"안 한다고 말하라며? 왜 딴소리야?"

대꾸해 보지만 동훈이 말이 맞다는 걸 안다. 의찬이에게 어떤 가능성이 있는지 이제 알아보려는 거죠, 엄마에게 말하던 실장님 목소리가 생각난다. 만일 가능성이 없는 걸로 결론이 나면 어떻게 되는 걸까.

회사 형들 중엔 자퇴하고 검정고시 본 형들도 있고, 안 잘릴 수

준으로만 학교 가는 형들도 있다. 내년에 고등학교도 안 가고 그냥 검정고시 보면 어떨까 상상해 봤는데, 좀 무섭다. 그러다 연습생 그만두거나 결국 데뷔를 못하게 되면 완전 망하는 거다.

……그런 약해 빠진 생각은 말자, 난 꼭 해낼 거니까. 그런 생각 할 시간에 가사를 써라, 박의찬. 주머니에 든 가사 수첩을 만지작거렸다.

"근데 그거 진짜야? 제드랑 차지수 사귀는 거?"

"몰라, 내가 어떻게 알아."

"에이, 거기 있다 보면 들리는 게 있을 거 아냐."

"몰라. 알아도 말 안 해."

세타나인은 유명한 만큼 루머도 많다. 형들이 얘기하는 걸 듣긴 했지만 함부로 입 놀리진 않을 거다. 처음으로 좋아해 본 가수, 노래도 퍼포먼스도 최고인 두 사람, 세타나인의 제드 형과 서하 형. 두 사람은 바닥부터 스스로의 힘만으로 정상까지 올라갔다. 세타나인 전에는 우리 회사도 별 볼 일 없었다고, 회사 건물도 세타나인이 지은 거나 다름없다고 페페 형이 그랬다.

"그럼 나 표나 좀 구해 주라, 세타나인 콘. 연습생 친구 덕 좀 보자."

동훈이 말에 헛웃음이 나왔다.

"야, 내가 그럴 짬이 될 거 같냐?"

"에이, 시시하게."

동훈이는 진짜로 실망한 표정을 지었다. 내가 얼마나 눈치 보면서 지내는데, 몰라도 한참 모른다.

일요일에는 늦잠을 잤다. 헐레벌떡 뛰어 버스를 타고, 내내 발을 동동 구르다 내리자마자 뛰었다. 연습 시작하기도 전에 땀투성이가 되게 생겼다. 멀리 건물 앞에 언제나처럼 여자애들이 모여서 있는 것이 보였다. 진짜 어색하다. 고개를 푹 숙이고 그 앞을 지나가려는데, 여자애들이 나를 불렀다.

"저기요! 안에 시리 오빠 있어요?"

"오빠 좀 불러 주세요, 네?"

세타나인도 아닌 연습생 찾는 애들도 꽤 있다. 주로 시리 형이나 은기. 은기는 주인공 아역으로 드라마에도 몇 번 출연했던 애라서 외국 팬까지 있다. 이런 부탁은 딱 잘라 거절해야 한다고 들었지만 막 팔을 붙잡고 조르는 바람에 말해 보겠다고 했다.

시리 형은 큰 연습실 컴퓨터 앞에 앉아 있었다. 1팀 원용 형이 그 옆에서 뭐라고 말하며 웃고 있고, 페페 형과 다른 형들 몇 명은 게임을 하는지 핸드폰을 들여다보고 있었다. 일단 90도로 허리를 굽혀 인사했다. 가끔 형들이 기분 나쁠 때면 인사 하나 가지고도 엄청 까다롭게 군다.

시리 형 옆에 서는데, 긴장이 됐다. 시리 형에게 먼저 말 걸어보는 건 처음이었다.

"시리 형, 밖에 여자애들이……."

"왜, 형 나오래? 넌 안 된다고 해야지, 형한테 그걸 말하고 있냐?"

원용 형이 한심해하며 말했다. 시리 형은 웃었지만 나갈 생각은 없어 보였다.

"그럼 어떻게……."

"저 새끼 저거 둔해 가지고. 가서 못 나온다 말하고 와!"

정우 형이 소릴 질렀다. 황급히 지하 연습실을 나와 위로 올라갔다. 못 나온다는 말을 전하자 여자애들은 에이, 하고 말꼬리를 끌더니 시리 형에게 전해 달라며 음료수와 빵이 담긴 봉투들을 주었다.

내가 봉투를 한 아름 안고 들어가자 페페 형이 먹을 거라며 달려들었다.

"시리 형 건데요."

시리 형이 먹으라며 손짓을 했다. 페페 형이 빵을 꺼내는데, 안에 들어 있던 편지가 툭 떨어졌다.

페페 형이 편지를 집으며 말했다.

"와, 팬레터. 벌써부터 이 난리인데 데뷔하면 진짜 장난 아니겠다, 시리 형은."

"글쎄다. 그런 날이 올까."

시리 형은 관심 없다는 듯 페페 형이 건넨 편지를 의자에 올려놓았다.

"에이, 형, 금방 하겠죠. 네비 형이 형 주려고 만들어 놓은 노래도 있다면서요."

생각도 못했다. 데뷔를 하게 되면 네비 형이 노래도 만들어 주고 그러는 거구나.

"왜, 부럽냐, 박의찬? 빠져 가지곤. 넌 꿈도 꾸지 마, 새끼야."

정우 형이 말했다.

바보처럼 웃었지만 입가가 딱딱하게 굳었다. 나는 내 맘대로 꿈도 못 꾸냐.

"막내한테 화풀이냐? 언젠간 우리도 데뷔하겠지, 뭐."

원용 형이 정우 형 어깨에 팔을 둘렀다. 둘은 열아홉 동갑이라서 꽤 친하다. 하지만 정우 형은 원용 형을 질투한다. 1팀 자격도 없는데 거기 가 있다고 깎아내리는 걸 들은 적이 있다.

데뷔, 연습생들 사이에선 가장 예민한 주제다. 올해 걸그룹이 나왔으니까 다음 차례는 보이그룹이다. 시리 형이야 당연히 리더가 될 거고 1팀 원용 형과 은기는 그 멤버가 되겠지만 나머지 중에 누가 더 들어갈지는 아무도 모른다.

"맞다, 형. 지헌이 있잖아요, 그때 숙소 놀러 왔었던 유성 기획사 애요. 걔 진짜 데뷔 잡혔대요. 십일 월이요."

원용 형이 시리 형을 향해 말했다.

"무슨. 언제 엎어질지 모르잖아, 거기는. 데뷔한 다음에 말하라고 해라."

정우 형이 까칠하게 대꾸했다.

정우 형은 전에 유성 기획사 있었다던데, 정우 형 앞에서는 절대 그 얘기 꺼내면 안 된다고 페페 형이 말했었다. 그런 큰 데 있다가 여기 왔다는 게 자존심 상하는 일이라도 되는 건가. 그렇지만 여기는 누가 뭐래도 세타나인이 있는 곳인데.

"엎어질 때 엎어지더라도 계획이라도 나왔음 좋겠다, 나는."

원용 형이 길게 한숨을 내쉬었다.

1팀 형들도 저런 생각을 하는구나. 조금이나마 친근하게 느껴졌다. 새삼 형들이 얼마나 여기 오래 있었나 생각하게 된다. 시리 형이 4년. 4년이나 데뷔를 기다리며 이런 하루하루를 반복하는 건 어떤 기분일까. 상상도 못 하겠다.

"연습하자."

아직 채선 형이 올 시간이 아닌데도 시리 형이 일어서자 다들 말없이 몸을 풀기 시작했다. 형들은 모두 진지한 표정이다. 세타나인 콘서트에 참여한다는 건 엄청난 일이니까. 내가 좀 더 다듬어진 다음에 이런 기회가 왔다면 정말 좋았을 텐데.

"넌 그냥 빠져라. 너 때문에 우리까지 질 낮아 보이잖아."

어김없이 정우 형이 날 갈구기 시작했다.

"왜, 의찬이가 밑에서 깔아 주면 우리가 더 잘 추는 거 같아 보이겠지."

환재 형이 껄껄 웃으며 말했다. 환재 형도 좀 무섭긴 한데, 정우 형과 달리 악의가 없다는 게 느껴져서 짜증은 덜 난다.

"아냐, 저 새끼 존나 시선 강탈이라니까. 쟤가 퉁퉁 뛰는 것밖에 안 보여."

아, 진짜……. 저 싸가지, 너 데뷔하면 내가 꼭 인터넷에 폭로 글 쓸 거다.

그렇게 연습을 하고 시작했는데도 좀처럼 채선 형의 마음에 차질 않는 모양이다. 오늘은 나 말고도 모두 돌아가며 야단맞고 있다.

"너희들이 이따위로 하면 사람들이 날 뭘로 보겠냐? 뭘 가르쳤냐고 하겠냐, 어? 나 짤리는 거 보고 싶지, 어?"

진도를 못 나가고 한 소절마다 계속 끊어진다. 셔츠는 벌써 땀으로 젖었다.

잠깐 쉬고 한다는 채선 형의 말이 떨어지자마자 모두 바닥에 드러누웠다. 채선 형은 딱 십 분 쉬고 다시 맞추고 있으라고 말하며 연습실을 나갔다.

에고고, 앓는 소리가 곳곳에서 튀어나왔다. 죽겠다, 힘들어…….

시리 형은 잠시 누워 있는 듯싶더니 일어나서 가볍게 동작을 연습했다. 동작이 유연하고 부드러워서, 커다란 동물 같다. 날렵한 …… 표범 같은.

"시리 형, 형이 그러면 우리가 열심히 안 하는 것 같아 보이잖아요."

원용 형이 투덜대자 시리 형은 빙긋 웃기만 했다. 은기도 몸을 일으켰다.

"아, 저 새끼는 또 왜 저래."

정우 형이 낮게 중얼거렸다. 정우 형이 나보다 더 싫어하는 애가 서은기다. 재수 없고 가식적이라고. 진짜 그런지는 잘 모르겠지만 좀 알 수 없는 애이긴 하다. 바로 데뷔시켜 주겠다고 더 큰 기획사에서 러브콜도 여러 번 받았다는데 본인이 여기 남아 연습생 생활을 하는 거다.

"십 분 지났다. 다시 하자."

시리 형이 칼같이 시간을 잘랐다. 폐폐 형만은 분명 찡찡댈 줄 알았는데 군말 없이 일어났다.

채선 형이 언제 다시 들어왔는지도 몰랐다. 채선 형은 음악을 끊더니 아까보다는 좀 나아졌다고 말했다.

"실력이 나아졌다는 게 아니라 태도가 나아졌다고, 태도가. 너희들, 지금 연습생일 때가 좋은 거다. 데뷔해 봐. 어리광 부릴 여유가 있는 줄 아냐. 죽도록 바쁘지. 안 바쁘면 그건 그것대로 문제고."

"우리도 지금 어리광 부리고 있는 거 아닙니다요, 형님."

원용 형이 대꾸하자 채선 형이 들고 있던 막대기로 딱 소리가 나도록 원용 형 머리를 한 대 쳤다.

"아, 아파요, 형!"

"죽을 각오로 해라, 어? 시리야, 네가 애들 데리고 나머지 해라. 나도 지금 정신없어 죽겠다."

채선 형이 시계를 보며 말했다.

저녁때까지도 연습은 이어졌다. 중간에 시리 형은 녹음실 다녀오느라 자리를 비웠고, 은기와 원용 형은 무슨 오디션에 갔다. 역시 1팀은 바쁘구만, 환재 형이 부러움을 섞어 말했다.

다들 좀 느슨해졌다가 시리 형이 돌아와서야 긴장감이 돌아왔다. 시리 형은 맨 앞에 앉아 우리 하는 걸 보고 꼼꼼하게 지적해 주었다. 채선 형보다 훨씬 부드럽게 말해 줬기 때문에 주눅 드는 기분이 안 들어서 좋았다.

에어컨이 켜져 있어도 땀이 줄줄 흐르고 얼굴로 열이 몰린다. 잠깐 쉬는 동안에 벽거울에 이마를 대고 땀을 식혔다.

"참, 너희 그거 봤어? 세타나인 리얼리티, 지난번에 회사에서 찍어 갔잖아. 지금쯤 재방송할 텐데."

태승 형 말에 페페 형이 슬금슬금 텔레비전으로 걸어갔다. 원래 우리는 텔레비전을 못 켜게 되어 있지만 시리 형이 허락의 표시로 고개를 끄덕였다.

방송이 막 시작된 참이었다. 제드 형과 서하 형이 우리 회사에서 올봄에 데뷔한 여자 아이돌 그룹 연습실에 들르는 장면이 나왔다. 정우 형이 픽 웃었다.

"깜짝 방문이라더니 쟤네는 화장이랑 머리 다 하고 찍었네."

"데뷔했잖냐."

환재 형이 대꾸하며 볼륨을 키웠다.

제드 형이 묻는 장면이다.

— 남자 친구 있는 사람 있어?

— 아니요, 우리 다 모태솔로예요!

까르륵, 웃음. 아……. 환재 형 눈치를 봤다. 저 중에 세아 누나는, 환재 형 여자 친구이다.

조금 뒤에 시리 형이 텔레비전을 껐다.

아무도 묻지 않았지만 환재 형이 말했다.

"당연한 거지. 나도 데뷔하면 그렇게 얘기할 거니까."

"에이, 형. 요즘은 공개연애도 많이 하잖아요."

페페 형이 말하지만 그게 불가능하다는 것을 우리 모두 알고 있다. 감춰야 하는 게 많을 거라고, 지금부터 행동 조심하지 않으면 나중에 다 꼬투리 잡힐 수 있다고 네비 형도 말했다.

뭔가 다들 기분이 가라앉아서 곧바로 연습이 이어지지 않았다. 바닥에 드러누워 있던 환재 형이 천장에 대고 말했다.

"막내야, 배고프다 —"

"떡볶이 사 올까요?"

당장 물었다. 처음엔 그게 나더러 먹을 거 사 오라는 얘긴 줄 모르고 가만히 있다가 눈치 없는 새끼라고 한참 갈굼 당했었다.

"하여간 맨날 막내만 부려 먹어."

수건으로 땀을 닦던 시리 형이 말했다.

"그럼 형이 가든가요."

환재 형이 농담조로 말했다.

시리 형은 선뜻 몸을 일으키더니 소파에 놓인 겉옷을 집어 들었다. 어? 아닌데, 내가 가야 하는데. 당황해서 벌떡 일어나 시리 형을 따라 나갔다.

"왜 나와? 쉬고 있어. 내가 간다니까."

"아니에요."

밖은 시원할 줄 알았는데 열대야인지 푹푹 쪘다. 시리 형과 단둘이 걷고 있으려니 완전 떨렸다. 하늘 같은 선배님, 아니지, 세타나인이 하늘이라면 시리 형은 산 정상 정도. 나는 이제 막 등산을 시작한 까마득한 신참.

페페 형이 알려 준 이 동네 숨은 맛집인 사거리 포장마차에서 떡볶이 남은 것, 순대와 김밥 남은 것을 싹쓸이하고 어묵 국물도 챙겼다. 아줌마는 이제 내가 가면 단골이라고 덤도 많이 준다. 포장을 기다리며 습관처럼 시계를 보았다. 10시 40분. 아직은 밤이 깊어 가는 중이다.

"맞다, 너 가사 수첩 쓴다며. 페페가 그러던데. 세타나인 노래 가지고 가사 다시 쓴 것도 있어? 있으면 나 좀 보여 줄래?"

시리 형이 물었다.

정우 형 생각도 나고 덜컥 가슴이 가라앉았다. 아냐, 시리 형은 그런 사람이 아닐 거야. 가사 수첩을 꺼내서 시리 형에게 건넸다.

"여기랑, 이쪽이랑, 여기 두 개요."

시리 형이 진지한 표정으로 그걸 읽는 동안 괜히 김이 피어오르는 어묵 국물만 노려봤다. 아, 덥다.

시리 형은 수첩을 돌려주면서 말했다.

"네비 형이 이번에 세타나인 콘서트 때문에 편곡을 새로 하고 있는데, 가사도 바꾸고 그러더라고. 이거 한번 보여 드려 봐. 괜찮은 게 좀 있다.”

“네비 형한테요?”

시리 형도 어려운데 시리 형보다 백배쯤 어려운 네비 형한테 감히 어떻게.

“내가 미리 말해 놓을게.”

연습실로 돌아가는 길에는 괜히 초조했다. 이 기회를 그냥 놓치고 싶지 않았다. 시리 형한테 뭔가 물어보고 싶었다. 어떻게 하면 잘할 수 있는지, 형처럼 될 수 있는지. 형이 있는 그 산 정상까지 오르려면 얼마나 걸리는지.

“형, 질문이 있는데요, 어떻게 하면 노래할 때 소리가 보여요? 지난번 레슨 때 네비 형이 그랬는데…….”

“뭐? 나도 몰라, 그런 거.”

웃음 섞인 목소리로 시리 형이 말했다.

바보 같은 질문이었나, 입술 안쪽을 꽉 깨물었다.

“네가 몇 살이지?”

“열여섯, 중삼이요.”

“진짜 어리구나. 내가 다 아는 것 같아 보이겠네, 너한텐. 그런데…… 실은 나도 잘 몰라. 아는 척하는 거지.”

시리 형은 농담처럼 말했다.

아닌데. 시리 형의 노래를 들으면, 형은 아는 것 같은데.

"이제 얼마나 됐지? 아, 넉 달. 어때, 할 만해? 안 힘들어?"

"예? 아니요……."

목소리가 저절로 작아지고 목이 멘다. 아, 미쳤다. 왜 이러지?

"막막할 때가 있지. 내가 뭘 하고 있나 싶을 때도 있고. 다 쏟아부은 것 같은데도 손에 잡히는 게 없을 때."

이상했다. 시리 형 같은 사람은 그런 기분 모를 것 같은데. 네비 형과 채선 형이 강조하듯 늘 즐기면서 노래하고 춤출 것 같은데.

묘한 기분을 느끼면서도, 이렇게 시리 형과 이야기를 하면서 걷고 있다는 자체만으로도 정말 좋았다. 시리 형과 가까워진 거 같고 한 팀인 거 같고 그랬다. 같은 팀으로 데뷔한다면, 먼 나중에 지금 이 순간을 추억할 수도 있을 거다. 상상만으로도 황홀했다.

잠시 말이 없던 시리 형은 한층 밝은 목소리로 내게 말했다.

"노래 잘하더라, 지난번에 보니까. 목소리도 좋고 몰입도 잘하고."

"감, 감사합니다."

기어 들어가는 목소리로 대답했다.

칭찬 들었다! 얼굴이 막 화끈거렸다. 시리 형은 네비 형 꼭 찾아가 봐, 하고 웃으며 말해 주었다.

바로 다음 날 회사에 도착하자마자 네비 형 작업실로 갔다. 한참을 앞에서 망설이다가 노크를 하고 들어가는데, 목이 바짝 말랐다. 네비 형을 혼자 보는 건 처음이었다.

"오, 의찬. 무슨 일?"

"저기, 가사요, 저기, 시리 형이······."

말을 다 준비해 왔는데도 완전 횡설수설했다.

"아, 맞다. 가사 바꾼 거 있다며. 나 좀 보여 줄래?"

새 종이에 깨끗하게 베껴 왔다. 〈꿈의 반경〉, 〈혹시 나를 생각한다면〉, 〈오늘은 아마도〉, 〈Happy Night〉. 다 세타나인의 발라드다.

네비 형이 가사 바꾸기 숙제를 안 내 줄 때도 혼자 재밌어서 바꿔 본 노래들이었다.

네비 형은 꼼꼼하게, 노래까지 흥얼거리며 내 가사를 읽었다.

"인재가 따로 있었구만."

마침내 나온 칭찬에 머리가 어질어질할 지경이다.

"여기서 몇 줄 골라 써도 돼? 어차피 콘서트에서 한 번 하고 말 거라서 네 이름이 들어가고 하진 않을 거야. 디비디에 수록될 수 있으려나. 근데, 연습생 이름까지 엔딩 크레딧에 넣진 않지. 대신 내부에서는 네가 썼다는 걸 알게 할게. 사장님도 알고. 그 정도로 괜찮겠어?"

콘서트. 디비디……. 머리가 더 어지럽고 얼굴이 달아오르는 것 같다. 괜찮다고, 몇 번이나 대답하고 나왔다.

작업실 앞에 멍하니 서서 방금 있었던 일을 곱씹어 봤다.

이거, 세타나인 콘서트에 쓰인다는 거잖아. 그러니까 세타나인이…… 제드 형과 서하 형이 내가 쓴 가사로 노래를 한다는 거잖아! 이게 말이 돼? 으아아아!

속으로, 얼굴이 뻘게지도록 소리를 질렀다.

"박의찬, 여기서 뭐 하니?"

기획실장님이 지나가다 날 이상하다는 듯 쳐다봤다.

"아, 아니에요!"

좋았다. 미친 듯이 좋았다. 저 새끼가 미쳤나, 아까부터 자꾸 실실대, 하는 정우 형의 말도 아무렇지 않았다.

페페 형은 역시 우리 회사 소식통인 게 맞았다. 또다른 연습생 프로젝트의 정체가 밝혀졌다. 콘서트 중간의 미니 뮤지컬.

"콘서트가 이 주도 안 남았는데, 내가 너무 하고 싶어서 말이야. 제드랑 서하 설득하느라 힘들었다. 시리, 원용이, 은기. 여기 대본 받아가라."

네비 형이 1팀 세 사람에게 설명하는 걸 멀리 떨어진 자리에서 귀 기울여 들었다. 뮤지컬 형식으로, 세타나인이 주인공이고 그

세 사람이 조연. 솔로 파트도 있다고 했다. 다른 형들도 각자 할 일을 하면서도 그쪽으로 신경이 쏠린 듯했다.

"아, 박의찬이도 줘야지. 여기, 너 이름 들어갔다."

네비 형이 대본 한 부를 흔들었다. 나도 모르게 벌떡 일어나 뛰어가서 받았다. 페페 형이 달려와 대본을 들여다보았다.

"와, 박의찬! 뭐야, 너 언제 이런 거 했어?"

대본 제목 아래 lyrics by 네비, 제드, 서하…… 몇몇의 이름이 지나고, 박의찬. 〈오늘도 아마도〉 가지고 고친 가사가 다섯 줄이나 들어갔다.

페페 형이 대본을 다른 형들에게까지 돌렸다. 자랑스럽기도 하고 창피하기도 했는데, 정우 형의 목소리가 들렸다.

"아, 저 약은 새끼."

정우 형과 환재 형이 내 쪽을 보며 수군거리고 있었다.

난 잘못한 거 없다. 시리 형이 그렇게 해 보래서 한 거다. 애써 무시하며 허리를 폈다.

"잘됐네."

시리 형이 가까이 와 있었다. 형 덕분이에요, 작게 말하자 시리 형은 웃으며 내 등을 툭툭 쳤다.

집에 와서 대본을 꼼꼼히 들여다봤다. 세타나인을 중심으로 조연 A, B, C는 각각 세타나인의 과거, 현재, 미래를 상징하는 거라고 대본에 쓰여 있었다. 막막했던 과거의 고단함과 정상에 오른 현재의 화려함, 그리고 어떻게 될지 모르는 미래의 불안과 희망이라고.

A를 은기가, B를 원용 형이, C를 시리 형이 한다.

대본 악보를 보며 노래를 해 봤다. 원래 있던 노래들이 절묘하게 편곡되어 서로 어우러졌다. 특히 C파트가 정말 마음에 들었다. 노래 톤도, 분위기도, 가사도 정말 좋다. 계속 부르고 불렀다. 사람 마음이라는 게, 욕심이 끝이 없구나. 내 가사가 들어간 것만으로도 엄청난 일인데 이제는 시리 형이, 1팀 사람들이 너무나 부러웠다.

금요일에 방학식 하자마자 연습실에 왔고, 주말 내내 안무 연습을 했다. 단체 연습이 없는 시간에는 잘 안 되는 부분을 혼자 하고 또 하고, 페페 형에게 봐 달라고 부탁도 했다. 아무리 해도 잘 되지 않아서 절망스러울 때는 대본 생각을 했다. 거기 들어간 내 이름을.

대본 때문에 형들이 날 경계하게 된 건 분명했다. 그전까지는 별 볼 일 없는 찌질한 막내였는데. 한방 먹인 것 같아서 통쾌했다. 한 발짝 나아간 기분이었다. 앞으로 갈 길이 멀겠지만 뭐라도 해낸 거다.

월요일에도 오늘은 진짜 욕먹지 않겠다는 각오로 구석에서 혼자 해 보고 있는데, 갑자기 네비 형이 연습실 문을 열고 들어와 나를 불렀다.

"박의찬. 너 지금 그 대본 있어, 뮤지컬?"

"네? 아니요, 집에 있는데…….."

"지금 줄 테니까 시리 파트 외워라. 오늘부터 연습 같이 해. 은기가 도와줄 거야. 2번 연습실로 가."

너무 얼떨떨해서 아무것도 묻지 못했다. 뭐? 무슨 일이야? 어리둥절한 형들 목소리를 배경으로 잘 움직여지지 않는 다리를 질질 끌고 문을 나섰다. 그 연습을 왜 내가?

연습실에 들어가서 제일 처음 본 건, 날 노려보는 원용 형이었다.

"아, 씨발."

원용 형은 나를 어깨로 밀면서 문을 걷어차고 밖으로 나가 버렸다.

"앉아. 가이드 들어 봤어?"

은기의 차분한 태도가 아니었다면 나도 그대로 돌아 나갔을 거다. 뭔가 잘못된 게 분명했다.

"시간이 얼마 없어. 안무도 좀 있거든. 네 파트는 오늘 다 외우고 갔으면 좋겠다. 화음도 맞춰 봐야 하고…….."

"저기, 근데."

침을 꿀꺽 삼켰다.

"시리 형은?"

은기도 날 물끄러미 바라봤다. 마치 내가 답을 알기라도 하는 것처럼.

은기는 노트북으로 고개를 돌렸다.

"몰라. 내가 아는 건 네가 시리 형 대신 무대에 설 거라는 거랑, 네비 형이 나더러 널 도와주라고 했다는 것뿐이야. 반주 틀게. 한 번 쭉 가자."

내가 대신? 내가 그 무대에? 그게 무슨 소리인지 이해하지도 못했는데 반주가 시작되었다. 가이드 못 들어 봤다는 말도 하지 못하고 어리바리 노래를 부르다 말다 했다. 이번엔 제대로 해, 은기는 그 한 마디만 하고 다시 반주를 틀었다.

노래 같지도 않은 내 노래가 끝나자 은기가 한숨을 쉬며 말했다.

"잘하는 줄 알았더니."

창피하고 혼란스러운 가운데 화가 났다. 왜 여기서 애한테 이런 소리를 듣고 있어야 하지?

"우리가 연습 녹음한 거부터 듣고 시작해야겠다."

그리고 스피커에서 나오는 건 시리 형의 목소리.

저녁도 은기와 둘이 먹고, 밤까지 노래 연습을 했다. 자정 넘어 네비 형이 내려와서 나 하는 걸 죽 듣고는, 그래, 계속 연습해, 한 마디만 했다. 왜 시리 형이 안 하고 내가 하는 건지 물어볼 수 있는 분위기가 아니었다. 시리 형이 어디가 아픈가? 감기 걸렸나? 그런데 왜 내가?

"그런 거 아니지?"

페페 형이 머뭇거리다 물었다. 세 시간밖에 못 자고 나온 터라 정신이 없어서 무슨 말인가 했다. 어제는 결국 새벽까지 하다가 택시 타고 집에 갔다.

"네가…… 네비 형한테 그거 하고 싶다고 했다고. 시리 형 대신."

"아니에요! 갑자기 하라고 하셔서……."

다른 형들이 우리 대화를 듣는 게 느껴졌다.

"그럼 너 왜 그거 하는데? 시리 형은 뭐 하고?"

"몰라요, 저도……."

그때 시리 형이 연습실에 들어섰다. 형들이 시리 형을 둘러싸고 뭐라 얘기를 하는데, 나는 가까이 갈 수도 없었다.

"그럼 저 새끼가……."

정우 형 목소리가 날아와 내게 꽂혔다. 형들의 시선도. 나를 보지 않는 건 오직 시리 형 하나뿐. 시리 형이 쓴웃음을 지으며 고개를 젓는다.

"내가 안 하겠다고 한 거야, 진짜야. 의찬이도 고생하는데 너무 그러지들 마라."

그 말만 남기고 시리 형은 연습실을 나갔다.

시리 형은 안무 연습에도 나오지 않았다. 채선 형은 아무렇지도 않게 대형에서 시리 형 자리를 뺐다. 시리 형이 하이라이트에서 해야 하는 아크로바틱 동작도 환재 형에게 넘어갔다.

"시리 형은 녹음실에 있대, 강헌 형 돕는다고. 이번에 무대는 아예 안 서나 봐."

쉬는 시간에 복도 구석에서 페페 형이 소곤소곤 말했다.

"왜요?"

"낸들 알겠냐. 근데 왜 네가 그걸 해?"

똑같은 질문에 똑같은 답. 나도 몰라요.

내가 네비 형 친척이라는 소문이 돈다고 페페 형이 말했다. 여기 연습생으로 들어온 것도 네비 형 빽이었다고. 내가 그 뮤지컬 하고 싶다고 졸라서, 시리 형 빼고 날 넣었다고. 그런 거 아니라고 페페 형을 붙잡고 하소연해도 소용없었다.

"그럼 너, 1팀 되는 거야?"

페페 형이 시무룩하게 물었다.

"아니에요, 그런 말 없었어요. 전 들어온 지도 얼마 안 됐고……."

"원용 형도 1년 반밖에 안 됐는데 정우 형이랑 환재 형 제치고 1팀 됐잖아. 그런 건 상관없어."

꿈에 그리던 1팀, 하지만 이런 루머는 하나도 달갑지 않았다.

"박의찬! 너 진짜 이럴 거야? 시간이 없어? 그럼 자지를 말아! 잘 거 다 자고 먹을 거 다 먹고, 그러면서 무대는 또 다 하고 싶고 그런 심보냐?"

채선 형 꾸중과 형들의 싸늘한 시선을 고스란히 받고 있는데, 갑자기 연습실 문이 열리고 네비 형이 들어왔다.

"의찬이는 그냥 빼 줘, 쟤 뮤지컬 연습하는 걸로도 시간 없어."

"지금 와서 빼는 건 좀 그런데요. 시리 없는 대형 겨우 맞춰 놨는데."

시리, 없는. 땀이 싸늘하게 식었다.

"이쪽도 비상이야. 댄서 팀에서 하나 데려다 시켜. 사장님한텐 내가 말씀드릴게."

채선 형은 못마땅한 듯했지만 네비 형은 끝내 날 데리고 나왔다.

네비 형 방에서 집중 레슨을 받았다. 막혔던 부분이 확실해졌다.

"근데, 저기…… 시리 형은요?"

"그거 신경 쓸 시간에 이거나 제대로 해."

네비 형은 분주하게 움직이며 대답했다. 더 물어보지 못하고 방을 나왔다. 연습실로 돌아왔을 때 채선 형은 없고 형들이 한데 모여 있었다. 내가 들어가자 격양된 대화가 딱 끊겼다.

시작은 정우 형이 했다.

너 이제 봤더니 아주 웃기는 새끼더라?

좋겠다, 네비 형이 일일이 쫓아다니며 편들어 줘서.

귀하신 몸이라 백댄서 같은 건 못 하신다잖아, 조명 받으며 노래해야지, 어?

누가 내 운동화를 발끝으로 찼다. 이쪽저쪽에서 어깨를 밀어서 휘청거리면서도 난 한 마디도 하지 못했다.

"시리 형이 그런 거 아니라잖아. 우리 이러지 말자, 어?"

태승 형이 막아 주지 않았다면 그대로 맞았을지도 모른다. 여기 오지 말고 가서 그 연습이나 하라면서, 태승 형은 날 연습실 밖으로 내보냈다.

복도에 서 있는데 눈물이 차올랐다. 생각해 보면 다 내가 원하던 대로 되었다. 안무 연습은 빠지고 뮤지컬은 한다. 그것도 가장 하고 싶었던 C파트를. 하지만 이런 식으론 아니었다. 악몽을 꾸고

45

있는 것 같았다.

"여기서 뭐 해. 들어와."

은기가 2번 연습실 문을 열고 날 보고 있었다.

울었던 게 쪽팔린 것보다 억울함을 호소하고 싶은 마음이 컸다.

"난 진짜 억울해, 난……."

"네가 억울하든 말든, 사람들은 그런 거 관심 없어. 나도 없고. 관심 둘 가치 있는 건 네가 정말 잘하나 못하나 그거 하나야. 네가 시리 형 밀어낸 거든 아니든……."

"아니라니까!"

"상관없다고, 네가 시리 형보다 잘하기만 하면. 어떻게 할 거야? 못한다는 걸 증명할 거야, 잘한다는 걸 증명할 거야. 결백? 그런 증명은 지금은 아무 쓸데 없어."

말문이 막혔다. 그게 왜 쓸데없는데. 다들 나를 오해하는데. 나도 무슨 상황인지 몰라서 더 혼란스럽기만 한데.

"넌 목소리는 좋은데 음정이 너무 잘 흔들려. 신경 써서 해."

눈을 감고 침을 삼켰다. 내가 지금 뭘 할 수 있지? 내가 지금 뭘 해야 하지? 딱 하나밖에 안 떠올랐다. 자격도 없는 새끼가 무대 올라갔다는 소리만은 듣지 말아야 한다. 난 잘못한 게 없다. 아무도 안 알아준다고 해도, 나 자신은 안다.

"그래. 알았어."

다른 건 다 머릿속에서 지우자. 눈앞의 것만 보자.

간단한 안무도 있어서 저녁부터 밤까지 내내 그걸 익혔다. 안무 팀 남호 형은 미심쩍은 눈으로 내가 하는 걸 지켜봤다. 시리 형이라면 한 번에 다 외워서 완벽하게 해냈겠지. 당장 그렇게는 못 해도 결국에는 그렇게 해내야 한다. 해낼 거다.

집에 왔을 때는 이미 새벽 두 시가 가까운 시간이었지만 잠도 안 왔고 잘 생각도 없었다. 은기가 녹음해서 보내 준 걸 들으며 머리를 쥐어뜯고 있는데, 똑똑, 방문 두드리는 소리가 나고 자러 들어간 줄 알았던 엄마가 들어왔다.

"왜?"

신경이 날카로워져 있던 터라 말이 곱게 안 나왔다.

엄마는 침대 위에 앉아서 다른 얘기를 꺼냈다.

"요즘, 많이 힘드니? 잠은 잘 자고…… 밥은 잘 먹고 그래야지."

"잘 먹고 있어."

"아프면 다 무슨 소용이니."

"안 아파."

엄마는 머뭇거렸다.

"네가 하고 싶은 걸 하는 거지……. 근데 엄마는, 네가 아직 어리니까, 너무 힘들어하는 거 같으니까…… 지금 당장 다 결정하지는 말고……."

울컥, 눈물이 나는 걸 혀를 깨물며 참았다.

"안 힘들어."

진짜다. 그냥, 어두워지고 있는 것일 뿐. 어정쩡한 것보다는 그게 낫다. 어둠에 묻히든, 아니면 어둠을 뚫고 빛나든, 그건 내게 달렸다.

원용 형과는 해도 해도 어긋났다. 결국 원용 형은 대본을 집어 던지며 소릴 질렀다.

"아, 왜 이렇게 안 맞아!"

눈을 내리깔고 입을 꽉 다물었다. 그때 은기가 말했다.

"형이 안 맞추는 거 같은데요. 박의찬은 음정 박자 딱 맞게 하고 있어요. 형이 맞출 생각 없으니까 안 맞는 거 아니에요?"

"야, 서은기!"

"삼 일 남았는데 이러고 무대 올라갈 거냐고요. 아니, 그전에 이따 밤에 세타나인 선배님들하고 맞춰 봐야 하는데, 이런 모습 보여 줄 거예요?"

원용 형이 씩씩대면서 은기를 노려봤다. 은기는 표정 변화 하나 없이 그저 원용 형을 마주 볼 뿐이었다. 원용 형이 먼저 눈을 돌리고 길게 한숨을 내쉬었다.

원용 형이 1팀 들어갈 만한 사람이라는 게 이런 거구나 싶었다. 순식간에 마음을 잡고 몰입하더니, 내 눈을 똑바로 보고 노래했다. 그 눈 속엔 불만이나 화 같은 건 하나도 없었다. 가사와 멜로디가 고스란히 눈과 표정에 담겼다.

나도 다른 건 잊으려고 노력했다. 마음 둘 곳은 이 노래밖에 없다. 노래가 끝나면 눈총이 쏟아지는 바깥으로 가야 한다…….

"야, 이번 건 진짜 좋았다."

원용 형의 함박웃음을 처음으로 봤다. 긴장한 마음이 아주 조금 풀렸다. 그렇게 맞추기 시작하자 진도가 확확 나갔다. 나중엔 원용 형이 날 붙들고 진짜 괜찮은데, 하고 소리까지 질렀다. 하지만 진짜는 이제 시작이었다.

밤 열 시쯤 네비 형이 우릴 데리고 세타나인이 있는 연습실로 갔다. 유리창 너머로 제드 형과 서하 형이 보이자 심장이 미친 듯이 두근거렸다. 세타나인을 이렇게 가까이에서 보는 건 처음이었다. 사무실에서, 연습실 복도에서 스쳐 지나가는 것만 봤었다. 두 사람은 늘어진 트레이닝복에 땀투성이였어도 너무너무 빛났다.

제드 형이 땀을 닦으며 우리를 맞았다.

"아, 이 친구들이구나. 은기랑 원용이는 알고. 이쪽이…….”

"박의찬. 중삼. 의찬아, 인사해."

네비 형 말에 허리를 완전히 굽혀서 인사했다.

"근데 시리는?"

서하 형이 물었다. 고개를 들 수가 없다. 네비 형은 간단하게
대답했다.

"빠졌어. 지금 맞춰 보자. 고칠 거 있음 지금 다 고쳐야 해."

시리 형 얘기는 그걸로 끝이었다.

세타나인 형들이 들어오자 뮤지컬이 살아났다. 처음엔 말리는
기분이어서 제대로 못했다. 네비 형은 그럴 줄 알았다는 듯이 기
눌리지 마, 한마디 하고 다시 MR을 틀었다. 더 집중해서, 제대로,
제발.

음악이 끝나고 제드 형이 날 돌아보았다.

"이름이 뭐랬지?"

"박, 박의찬입니다!"

"그래, 박의찬. 마지막만 다시 해 보자."

두려워 말아요, 함께 갈 거잖아요

열린 문 너머 모르는 세계로

다시 처음으로 되돌려진다 해도

난 웃을 수 있죠

옆에서 고개를 끄덕이며 박자를 맞추던 제드 형이 화음을 얹기 시작했다.

이상해, 진짜 이상하다. 누가 나를 하늘로 막 끌고 가는 거 같다. 목소리가 구름 위에 올려진 것 같다…….

"괜찮네. 잘 맞는다. 거기 그렇게 고쳐야겠다."

네비 형이 대본에 뭐라고 슥슥 쓰면서 말했다. 그 순간에는, 내 마음을 복잡하게 하는 그 모든 문제들이 사소하게 느껴졌다. 난 세타나인과 함께 무대에 오를 거고, 노래할 거다. 그보다 중요한 일은 없다.

녹음도 했다. 각자 부분을 녹음하고, 콘서트에서 쓸 반주곡도 다시 제대로 만드는 작업. 녹음실에 들어가는 건 처음이었다. 너무 떨렸다. 세 번 만에 오케이가 났다.

"콘서트 끝나면 이제 너희들 인터넷에 막 뜬다. 중간에 나온 오빠들 이름이 뭐예요, 하고. 기대해라."

녹음실 강헌 형 말에 원용 형은 신나게 웃고 은기는 미소를 지었다.

시리 형은 제드 형이랑 아예 듀엣 무대가 있대, 그거 하려고 빠졌나 봐! 하는 페페 형 말에 안심했다가, 헛소문이래, 그런 거 없대, 하는 말에 다시 불안감을 느끼면서도, 집중하려 애썼다. 연습.

밥을 먹으면서도, 복도를 걸으면서도, 자면서도, 꿈을 꾸면서도, 연습. 그 노래와 춤이 몸에 완전히 배어 버릴 때까지.

은기와 원용 형이 안무 연습을 하러 간 사이, 혼자 남아서도 절대 쉬지 않았다. 남은 시간은 고작 이틀. 셋이서 대기 상태로 있다가 세타나인이 부르면 바로 달려가서 한 번씩 맞춰 봤다.

어쩌면 이런 기회는 다시 없을지도 모른다. 만일 내가 내일 죽는다면. 목소리가 나오지 않게 된다면. 다리가 없어진다면. 물론 그렇게야 되지 않겠지만 사람 일은 모르는 거다. 그러니까 내일 그렇게 되기라도 할 것처럼, 지금 해야 한다.

금요일, 콘서트 하루 전에는 공연장에서 리허설이 있었다. 언뜻 본 무대는 너무 넓고 좌석은 너무 많았다. 그 무대에선 세타나인조차 작아 보였다. 나는 먼지처럼 묻혀 버릴 것 같았다.

분주하게 무대 위를 오가던 실장님이 나를 발견했다.

"어머, 의찬아, 일찍 왔네. 아직 너희 차례 되려면 멀었는데. 다른 애들은?"

"제가 일찍 온 거예요."

내 말이 끝나기가 무섭게 은기와 숙소 형들이 나타났다. 형들이 무대 뒤에서 안무 연습하는 걸 멀찍이서 봤다. 조금 쓸쓸한 기분이 들었지만 생각하지 않으려 애쓰면서. 그쪽 연습이 끝나자 원용 형과 은기가 땀을 흘리며 내가 있는 쪽으로 왔다. 둘은 쉴 틈도 없이 나와 뮤지컬을 맞춰 보았다.

곧 우리 차례가 왔지만, 무슨 정신으로 했는지 모르게 금방 끝나 버렸다. 다행히 리허설은 내일 콘서트가 시작하기 전에 한 번 더 있다.

연습생들은 다시 회사로 돌아가서 마저 연습을 하기로 했다. 회사 차를 타 본 건 처음이었다. 형들은 잔뜩 들떠서 큰 소리로 웃고 떠들었다.

막내들더러 간식 사 오라기에 나와 페페 형은 중간에 내려 햄버거 가게에 들렀다. 주문을 하고 카운터에서 기다리고 있는데 페페 형이 전화를 받았다.

"네, 형. 뭐 더 필요한 거 있어요? 네? 네?"

페페 형 얼굴이 점점 어두워졌다. 페페 형은 전화를 끊더니 바로 가게를 뛰어나갔다.

"형! 형! 이거 가져가야죠!"

당황해서, 방금 나온 햄버거와 음료수 봉투를 겨우 들고 페페 형을 따라 달렸다.

건널목 앞에서 페페 형이 멈췄다. 왜 그러느냐는 내 물음에도 페페 형은 내 쪽은 보지 않고 신호등만 보며 발을 굴렸다.

"형, 이거 좀 같이 들어 줘요."

"그딴 건 그냥 버려!"

"도대체 왜 그러는데요, 음료수 다 쏟아졌잖……."

"시리 형이 나간다잖아! 연습생 그만둔다고, 지금 집에 내려간 대!"

머릿속이 텅 비었다. 시리 형이 뭘 어떻게 한다고? 아니야, 내가 잘못 들은 걸 거야. 그럴 리가 없잖아. 시리 형이 왜.

무슨 정신으로 연습실까지 갔는지 모르겠다. 며칠 만에 보는 시리 형. 심각한 표정으로 시리 형을 보고 있는 다른 형들.

"콘서트는 보고 가려고 했는데, 아버지가 짐을 오늘 가져가신다고 그래서."

시리 형 발 옆에 놓인 가방을 보았다. 가슴이 막 죄었다. 누가 얼음을 내 옷 속에 집어넣은 것 같았다.

"형 지금 장난해? 뭐 하는 거야? 형 이러는 거 사장님도 아셔?"

원용 형이 낮은 목소리로 물었다.

"말씀드렸어."

"그래서? 그랬더니? 나가래? 가도 된대?"

"……붙잡지 않는 거, 너도 알잖아."

원용 형은 이를 악물고 시리 형을 노려보았다.

"왜 이래, 도대체? 콘서트 때문이야?"

쿵. 가슴이 내려앉는다. 시리 형은 웃으며 고개를 저었다.

원래 그만둘 생각이었어. 이번 달 안으로. 콘서트에 섰어도 달라질 건 없었을 거야.

미리 말 못 해서 미안하다. 내일 콘서트 잘해라…….

말들이 반대쪽 귀로 빠져나간다. 말도 안 된다. 우리를 이끌어 가는 시리 형, 내가 갈 길을 앞서 가고 있는 시리 형이…….

"다음에 올라올 테니까, 밥이라도 같이 먹자."

"야, 이 멍청한 새끼야!"

원용 형이 소리를 질렀다.

"그거밖에 안 돼? 여기까지밖에 못 참아? 지금까지 해 온 게 아깝지도 않아? 끝까지 가 보자고 했던 게 누군데!"

원용 형의 눈가가 붉어졌다. 시리 형은 가만히 원용 형을 바라보았다.

"미안하다."

시리 형이 내 쪽으로 성큼성큼 걸어왔다. 뭐라고 말을 했다. 미안하다. 나 때문에 네가 고생이 많네. 잘해라, 내일. 그런 비슷한 말을.

시리 형의 아버지처럼 보이는 사람이 연습실로 들어왔다. 지금 가도 되는 거냐? 더 늦기 전에 출발해야 할 텐데. 아버지의 말에 시리 형은 우리를 돌아보았다.

"안녕."

형들 중 누구도 시리 형이 그렇게 가 버릴 줄은 몰랐다고 했다.

"시리 형 없으면 우린 이제 어떻게 해요?"

페페 형이 울먹였다.

원용 형이 갑자기 내 멱살을 잡았다.

"너 때문이야, 새끼야!"

"야, 미쳤어?"

사람들이 원용 형을 말렸다.

억센 손에 붙들려, 그때까지도 내려놓지 못한 햄버거 봉투를 든 채로 멍하니 생각했다. 아닌데. 시리 형이 나한테 미안하다고 했는데…….

원용 형은 연습실 문이 부서져라 발로 차고 밖으로 나가 버렸다. 남은 우리는 그냥, 연습실에 있었다. 누군가 와서 이게 거짓말이라고 말해 주길 기다렸다.

자정 넘어 리허설을 끝내고 돌아온 사람들이 연습실로 내려왔다. 실장님도 채선 형도 착잡한 표정이었지만 놀란 것 같지는 않았다. 다들 알고 있었던 모양이었다.

"나갈 사람은 나가는 거야. 남는 사람은 남는 거고. 빨랑 가서 잠이나 자. 내일이 콘서트다, 어? 정신 차려!"

우리는 쫓겨나듯 연습실 밖으로 나왔다.

골목 건너 건물 앞에서 원용 형이 담배를 피우고 있다가 우리가 나오는 것을 보고 껐다. 태승 형이 원용 형에게 물었다.

"어디 갔었어?"

"숙소요."

원용 형은 작은 목소리로 대답했다.

"정말로 방, 비웠더라고요."

아무도 대꾸하지 않았다. 형들을 따라 걸었다. 오늘은 콘서트 전날이니까 다 같이 숙소에서 자기로 했다. 아직 믿기지가 않았다. 숙소에 가면 시리 형이 있을 것만 같았다.

다들 묵묵히 걷고 있는데, 한숨을 섞어 태승 형이 말했다.

"시리 형도 고민 많았겠지."

"내가 단순한 거예요? 난 그런 고민 잘 모르겠어요. 하다 보면 언젠가 되겠지……. 그렇게만 생각했는데."

원용 형이 중얼거렸다. 그러다 갑자기 고개를 돌리더니 빽 소리를 질렀다.

"아, 진짜! 울지 마! 김진영!"

페페 형이 고개를 푹 숙이고 소맷자락으로 얼굴을 쓱 문질렀다. 은기가 말없이 페페 형의 어깨에 팔을 둘렀다. 페페 형은 진정하는가 싶더니 흑흑 소리를 내며 다시 울기 시작했다. 한 대 치기라도 할 듯 화를 내는 원용 형을 태승 형이 붙잡아 앞서 걸어갔다. 그리고 여전히 떨리는 페페 형의 등.

"알고 계셨어요?"

원용 형이 물었다.

거실 소파에 앉아서 무료하게 채널을 돌리던 네비 형은, 원용 형 쪽은 바라보지도 않고 대답했다.

"응."

모두 말이 없었다. 막 샤워를 끝내고 나와서 어, 언제 오셨어요, 하고 인사하던 페페 형만 어리둥절해졌다.

"그만둘까 한다 하더라."

"……그래서요?"

원용 형의 목소리가 무섭도록 낮아졌다. 소파 팔걸이에 걸터앉았던 페페 형이 슬그머니 일어나 뒤로 빠졌다.

"형이라도 잡았어야죠!"

"야, 미쳤어? 야……."

태승 형이 원용 형의 팔을 잡아끌었지만 원용 형은 거칠게 팔을 뺐다.

"자기가 못 버텨서 나가는 걸, 무슨 수로 잡냐."

네비 형의 목소리는 담담하다 못해 차가웠다. 말 한 마디 한 마디에 마구 베이는 것처럼 아팠다.

"쟤 때문이에요?"

원용 형의 손가락이 날 딱 가리켰다. 숨이 막혔다.

네비 형이 날 돌아보았다.

"의찬이만 남고 다 들어가."

어디 앉지도 못하고 그 자리에 못 박힌 듯 섰다.

네비 형은 한참을 텔레비전만 보고 있었다. 깔깔거리는 기계 웃음소리, 호들갑스러운 엠씨들의 목소리…….

"너 때문에 나간 거 아니야, 그건 알지? 네가 뭐라고 시리가 너 때문에."

네비 형은 내 쪽은 보지도 않고 말을 이었다.

"그렇지만, 시리가 나간 자리 메우는 대타 소리 듣는 것보다, 네가 시리 밀어내고 그 자리 차지했다고 하는 게 너한테도 낫고 우리한테도 나아."

우리. 그 우리는 누구지? 낫다는 게 무슨 뜻이지?

"어정쩡하면 죽도 밥도 안 돼. 너를 포장해야 한다고. 쟤가 누구기에 저렇게 빨리 저 자리에 갔나, 늘 1등 하던 애를 밀어냈나, 사람들이 궁금하게 만들어야 해. 그게 사실이든 아니든. 네가 못한다는 건 아니야. 너 잘한다. 그러니까, 시리 빈자리 티 나지 않게 네가 채워라."

여전히 나는 이해를 할 수가 없고.

"들어가라. 내일, 제대로 해야 하지 않겠냐. 거품인 거 듣키지 않으려면."

네비 형은 한숨 섞어 말하고는 모자를 벗어 머리를 털었다. 내가 그대로 움직이지 않자 네비 형은 신경질적으로 소리쳤다.

"서은기! 얘 데리고 들어가!"

은기가 방에서 뛰어나와 내 팔을 잡고 끌었다. 방에 들어가면서, 원용 형과 태승 형이 큰 방에서 나오는 걸 언뜻 봤다.

불을 끄고 자리에 누워서도 밖에서 형들이 이야기하는 것에만 신경이 쏠렸다. 원용 형이 낮아서 잘 들리지 않는 목소리로 뭐라고 말했다. 네비 형이 대답하는 것 같은데, 아무리 귀를 세워도 안 들렸다.

갑자기 네비 형이 소리를 질렀다.

"빨랑 자라, 너네들! 안 자면 수면제라도 먹일 거다, 빨리 들어가! 불 끈다?"

잠시 후에 거실 불이 꺼지고 네비 형이 현관문을 열고 나가는 소리가 들렸다. 페페 형이 뭐라고 말할 것처럼 벌떡 일어나 앉았지만, 은기가 말을 막았다.

"자자. 진영 형, 오늘은 그냥 자자."

"……그래."

페페 형은 헝겊 인형처럼 푹, 자리에 다시 누웠다. 나는 핸드폰을 들어 시간을 확인했다. 오전 1시 40분. 한밤중이 지났는데도 이 밤은 절대 아침이 되지 않을 것 같았다.

콘서트가 열리는 체조경기장 앞에는 어젯밤까지만 해도 없었던 커다란 플래카드들이 걸려 있고, 이른 아침부터 사람들이 모이고 있었다. 엄청 떨리고 흥분될 줄 알았는데 아무 느낌이 없었다. 아무 생각도 하기 싫었다.

"박의찬, 정신 안 차려?"

원용 형 목소리가 거칠어졌다. 무대 아래쪽에서 우리끼리 맞춰보다가 멈췄다. 목소리도 잘 안 나오고 몸에 힘이 없다. 어젯밤에 잠을 설친 탓인가 보다. 꿈을 꾸었던 것 같은데 하나도 기억이 나지 않는다.

"야, 못 하겠음 꺼져, 너도! ……에이씨."

원용 형이 돌아섰다. 은기는 자리에 앉았다.

나도 앉아서 이어폰을 꺼냈다. 시끄럽다……. 사람 소리가 너무 많아. 음악이 안 들려.

스태프들이 오가고, 무대 위로는 세타나인이 보인다. 나는, 뭐하러 여기 있는 거지. 이건 내 무대가 아니야. 겨우 몇 소절, 그거하려고 그렇게 목을 맸나. 멍청하게. 여기서 그걸 한다고 해서 바꿰는 건 아무것도 없을 텐데.

툭, 누가 내 귀에서 이어폰을 뺐다.

"박의찬."

은기가 나를 불렀다. 은기가 이렇게 내 이름을 또박또박 부른 적이 또 있었던가?

"왜."

은기가 나를 물끄러미 바라보았다.

"처음이지? 누가 나가는 거 본 거. 본격적으로 하다 나간 사람들 중에서."

나는 고개를 끄덕였다. 사람들, 이라는 말이 너무 냉정하게 들렸다.

"나는 많이 봤다. 일 년에 두세 명은 꼭 있지. 시리 형이 나갈 거라고 생각한 건 아니었지만, 끝까지 버틸 거라고 생각한 것도 아니었어."

그런 건 몰랐다. 나만 버티면 시리 형과 끝까지 같이 갈 수 있을 줄 알았다.

"네가 마음이 편해질까 싶어서 하는 얘긴데. 시리 형, 나갈 마음먹은 지 꽤 됐어. 사장님도 네비 형도 다 알았고. 이번 뮤지컬…… 원래 네가 하는 게 맞아. 사장님이 시리 형 말고 너 넣으라고 한 걸, 네비 형이 우겨서 시리 형 시켰던 거야. 시리 형 잡고 싶었던 건지 뭔지.”

들을수록 더 혼란스러워졌다. 시리 형이 왜? 사장님이 날 왜? 은기는 끝까지 차분한, 그래서 너무 차가운 말투로 말했다.

“근데 시리 형은 끝내 나간다고 했고…… 이렇게 된 거지. 나갈 사람한테 이런 기회 주는 건 낭비일 테니까.”

“네비 형은, 내가 거품이랬어.”

“그건 네가 알아서 판단해. 지금 내가 너 칭찬까지 해 주길 바라는 건 아니지?”

은기의 말투가 날카로워졌다.

분명한 건 하나뿐, 시리 형이 가 버렸다는 것. 은기의 말에는 시리 형이 왜 떠났는지에 대한 대답은 없다.

“……그렇게 될까 봐 무서워?”

은기의 갑작스런 물음에 멍해졌다.

“너도 그렇게 나가게 될까 봐 무섭냐고.”

“아니야, 그런 건…….”

말을 하다가 말았다.

은기 말이 맞았다. 거의 끝에 다다른 것처럼 보였던 시리 형마저 끝까지 버티지 못했다는 것이 무서웠다. 시키는 대로 열심히 하다 보면, 춤추고 노래하다 보면 내 꿈에 다다를 수 있는 게 아니었던가. 내가 모르는 이유들이 있다는 것이 무서웠다.

"우리도 마찬가지야. 언제 밀려날지, 제풀에 그만둘지 모르지."

생각하고 싶지 않았던 것을 은기가 말하고 있었다.

막연한 미안함만큼이나 두려움이 컸다. 모든 게 물거품이 되고 바닥에 나앉게 된다면. 그런 시한폭탄 같은 가능성을 짊어지고도 계속 여기 있을 수 있는 걸까. 동훈이가 그랬다. 이제 진로 결정되었으니 좋겠다고. 아니다. 불안은 점점 심해진다.

"어쨌든 너는 지금은 여기 있잖아. 그리고 이제 노래할 거고 춤을 출 거잖아."

"……왜 그래야 하는지 모르겠어."

"그건 이따가 나중에 생각해."

은기가 단호하게 내 말을 잘랐다.

"네가 지금 할 수 있는 게 뭐가 있어? 그만둘 때 그만두더라도 지금은 뛰어들어. 알아들어?"

은기가 그렇게 말한 순간, 무대 위에서 리허설 중인 세타나인이 새로운 노래를 시작했다. 〈꿈의 반경〉. 회사에 동영상 찍어 보냈던 그 노래. 사장님 앞에서 불렀던 노래. 새삼스럽게 가사가 살아나 나를 막 찌른다.

이렇게 오늘도 하루가 지나가네
나의 시야 속에 담긴 꿈의 반경

어디까지 갈 수 있을까

가질 수 없는 것을 자꾸 넘보게 돼……

나는 지금 절대 가질 수 없는 걸 잡으려고 하는 건 아닐까. 이렇게 애쓴다고 해서 거기에 닿을 수 있을까. 아니, 그토록 힘들게 도착한 곳이 진짜 좋은 곳이긴 할까.

하지만.

지난봄에 회사를 찾아와 낯선 어른들 앞에서 이 노래를 불렀을 때, 나는 어떤 기분이었더라? 엄청 떨고 긴장했다. 하지만 행복했다. 그 자리에서 노래할 수 있는 기회를 얻었다는 게 미칠 듯이 좋았다.

그때 그 기분을, 잊은 건 아니다.

"……나 한 대만 때려 주라."

원용 형이라면 이런 부탁은 안 했을 거다. 은기 정도라면 괜찮을 것 같았다. 하지만 은기가 주먹을 꽉 쥐고 위로 치켜들었을 때, 나도 모르게 눈을 감아 버렸다.

……톡. 가벼운 꿀밤. 눈을 떴더니 은기가 막 웃고 있었다.

"야, 하하하, 완전 겁먹어 가지곤……. 그러게 때려 달라는 말은 왜 하냐?"

어디론가 사라졌던 원용 형이 물병을 세 개 들고 돌아왔다. 은기와 나에게 물병을 하나씩 던져 주더니, 원용 형은 양손을 허리에 대더니 말했다.

"야, 서은기. 너, 만일 나중에 나가고 싶어졌을 때……. 나한테 미리 말 안 하고, 그 나쁜 시리 새끼처럼 그냥 짐 싸 버리면, 죽을 줄 알아라."

은기는 얼떨떨한 얼굴이 되었다가 웃음을 터뜨렸다.

"막내, 박의찬, 너도 마찬가지야."

원용 형이 나를 노려보았다.

"내가 시리 그 자식 밟아 버리려다가…… 시리 형 나이도 많은데 뼈가 잘 안 붙을까 봐 내버려 뒀다."

은기가 다시 웃었다. 나도 조금씩 웃음이 나왔다. 계속 낄낄거리다가 푸하하 웃었다. 은기와 나는 어깨동무를 하고 미친 듯이 웃었다. 그냥, 다 웃겼다.

"이것들이 진짜. 정신이 나갔구나?"

원용 형은 기막혀했다. 그러다가 형도 웃음을 흘리더니, 우리와 함께 웃었다. 그냥 웃는 거 말고는 아무것도 할 수 없을 때가 있다. 그리고 웃는 것만으로도 모든 게 조금은 나아진 것 같은, 그런 기분이 들 때가 있다. 어쩔 수 없다는 사실은 차곡차곡 접어 발아래 내려놓고, 그게 여전히 거기 있다는 것을 알면서도 웃는 것. 웃고 나서 다시 펼쳐 어깨에 둘러야 한다 하여도.

66

마지막 리허설은 느낌 좋게 끝났다. 세타나인과도 딱딱 맞았다. 제드 형은 본 무대에서도 이렇게만 하라고 말했다. 너무 흥분해서 막 나가지만 않으면 된다고, 잘할 거 안다고 말해 주었다.

메이크업. 의상. 마이크. 모니터용 이어폰 세팅.

"다음다음 차례야, 무대 옆 스탠바이."

"야, 나 머리 이상하지 않아?"

"이뻐요, 형."

"물, 물 좀 줘 봐."

"지금이다, 나가!"

조명이 눈부시다. 리허설 때와는 비교도 되지 않는 열기가, 무대를 달구고 있다.

정신이 하나도 없을 줄 알았다. 그런데 무대에 올라가는 순간부터, 시간이 멈추었다. 일 초 일 초가 정말로 선명하게, 뚜렷하게 또박또박 흘렀다. 시간이, 걸어갔다.

무대 건너편에 선 세타나인을 보았고, 앉아 있던 원용 형이 일어나며 랩을 하는 것을 보고 들었다. 은기가 노래하며 앞으로 나간다. 그리고, 나를 본다.

나는 일어났다. 걸어갔다. 노래했다. 조명 건너 어두움 속에서 환호성이 들린다. 내 노래가, 들린다. 한 음 한 음, 눈에 보인다. 이게 네비 형이 말하는 거였구나…….

춤을 춘다. 팔 동작 하나하나, 다리의 움직임 하나하나가 다 느껴진다. 옷이 서로 스치는 소리까지 들리는 것 같다.

노래한다. 움직인다. 빛이 쏟아져 내리는 것이 보인다. 빗방울처럼 조각조각 흩어진 빛이었다. 그 빛은 원용 형 위에, 은기 위에 내려앉았다. 그리고 내 머리 위에 내 어깨 위에 눈처럼 쌓인다.

이 빛은 내 안에도 있는 것일까.

이 누더기 같은 옷을 한 겹 벗으면, 내가 더 자라 껍질이 툭툭 갈라질 정도로 내 몸집이 커지면 그럼 빛이 밖으로 새어 나오게 될까. 온통 빛으로.

눈물이 났다.

"죽을 거 같아요……."

"잘해 놓고 왜 그래?"

누군가 내 등을 감싸고 말했다. 웃는 소리, 뭐라고 외치는 흥분된 소리.

무대 옆 구석 자리에 앉아서 콘서트를 끝까지 보았다. 중간에 게스트에게 무대를 넘기고 내려온 제드 형과 서하 형이 웃으며 뭐라고 했는데, 하나도 안 들렸다. 나는 그냥 그 자리에 앉아서 내가 방금 내려온 무대를 보고만 있었다.

"수고했다."

네비 형이 말한 것은 기억난다. 담담한 표정으로 내 옆에서 콘서트를 지켜보던 은기가, 고개를 숙이며 눈물을 흘렸던 것도.

사람들이 빠져나간 콘서트장은 휑하니 썰렁했다. 뿌려진 종잇조각들만 희미한 조명에 빛났다. 그렇게 많은 사람들이 있어서 그렇게 높은 함성을 질렀는데…… 다 꿈이었을까? 뭔가 분명한 것을 잡았던 것 같은데 지금 내 손은 비어 있다.

콘서트가 끝나고 나면 스스로에게 대답해야 할 게 아주 많을 줄 알았는데. 텅 비워 내서 그런 걸까, 마음이 그냥, 맑았다.

다른 형들까지 모두 함께, 쫓겨날 때까지 그 위에 서 있었다.

"아직 끝난 거 아니야, 내일도 있어. 긴장 풀지 마!"

채선 형이 무대 아래에서 외치자 환재 형이 투덜댔다.

"형은 어째 그러십니까."

"내일 뒤풀이는 화끈하게 하자."

채선 형이 웃으며 말했다. 몸 고생 맘 고생 많이 했을 텐데, 하고 채선 형이 덧붙인 말에 잠시 침묵이 흐르고.

"가자아!"

원용 형이 앞으로 뛰어나가고, 나는 그 뒤를 따라 달렸다. 통로는 길었다. 짐을 챙겨 나가던 스태프들이 우리를 보며 어린애들은 역시 힘이 넘친다며, 조심하라며 한마디씩 했다.

통로 끝에 밖을 향해 열린 문이 보였다. 까맣게 어두웠다. 환한, 낮의 세상이 아니라는 것에 안심했다.

저 어둠 속에 무엇이 있는지는 모른다. 다만 지금은 세상을 이해할 수 있을 것 같은 기분이 든다. 단지 느낌뿐일지라도, 명쾌해진다. 어딘가로 가고 있다. 그 사실만으로도 충분한 것 같다. 내일은 또다시 길 잃은 기분이 돌아올지라도, 지금은 그렇게 믿어진다.

"으아아악!"

소리를 질렀다. 내 목소리가 통로에 울렸다.

"드디어 미쳤구나!"

원용 형이 뒤돌아보며 외쳤다.

뒤에서 형들이 따라서 소리를 지르는 것이 들렸다.

열린 문. 신선한 공기, 어둠, 별빛.

빨리 밤이 깊어졌으면 좋겠다. 빨리 더, 어두워졌으면 좋겠다. 내가 빛날 수 있도록.

1:29 AM, 한밤중을 향해 나는 달리고 있다.

형에게 하는
질문

_동욱

"형?"

핸드폰을 찾아 들기 전부터 형일 거라 생각했다. 이 시간에 연락하는 사람은 형밖에 없다.

— 전화 받을 수 있냐.

"어. 지금 쉬려고 했어."

연필을 내려놓고 의자에 등을 기댄다. 뻐근하고 시원하다.

— 뭐 하는데.

"공부하지 뭐 하겠어."

시계를 확인한다. 밤 12시가 조금 안 된 시간. 한 시간은 집중하고 있었구나 싶어 뿌듯하다. 오랜만이다. 한동안 밤에는 집중이 잘 되지 않아 힘들었는데.

"무슨 일?"

— 일은 무슨. 그냥. 아버지 주무셔?

"어. 진작에. 열 시에 방 들어가셨지."

— 넌 안 자?

"좀 있다가. 형은? 연습실? 아님 집이야?"

집이라는 말이 어색하다. 형의 집은 여기인데. 하지만 숙소라는 말은 더 어색하다. 그들만의 용어인 것 같아서.

— 연습실이야. 곧 들어갈 거야.

"아."

한동안 침묵. 뭐 할 말이 있겠나. 형이 집을 떠난 지 4년째. 우리에게 공통된 화제는 서로의 안부, 아버지의 안부. 갑자기 그 침묵이, 이 시간에 걸려 온 전화가 신경 쓰인다.

"형 무슨 일 있어?"

— ……공부 열심히 해라.

"딴소리는. 언제 집에 안 와?"

그냥 해 본 말이다. 형이 집에 오는 건 일 년에 두 번. 설날하고 아버지 생신날뿐이다. 썰렁한 추석날마다 아버지는 말한다, 열심히 하는 게 좋은 거지.

무심코 연필을 잡고 영어 지문을 읽었다. 기말고사는 그제 끝났다. 하지만 방심할 틈은 없다. 방학하기 전까지 영어 모의고사 두 세트 풀고, 단어장 정리하고. 방학 계획은 따로 있으니까.

― 곧 갈 거야.

까맣게 된 핸드폰 액정을 보며, 내가 제대로 들었나 싶었다.

중학교 때부터 형은 입버릇처럼 가수가 될 거라고 했다. 춤추는 아이들과 몰려다니면서 아버지를 걱정시키더니 고등학교에 가자마자 정말로 학교를 그만두겠다고 했다. 아침 식탁에서 자퇴 원서를 꺼내 아버지의 도장을 받으려 했을 땐 형이 미친 줄 알았다. 지금 이 상황에 그런 말이 나와?

그러곤 형은 서울로 가 버렸다. 알바를 하면서 기획사 오디션을 보러 다니더니, 다음해 봄 어느 기획사의 연습생이 되었다고 연락이 왔다. 아버지는 어리둥절한 표정으로 물었다.

― 연습생이 뭐 하는 거냐?

학교에 가서 애들에게 물어보고 나서야 나름 대단한 거라는 걸 알았다. 그때 막 뜨기 시작한 세타나인이 소속된 회사였다. 세타나인과 함께 그 회사도 유명해지고, 형까지 덩달아 동네 유명인이 되었다. 어이없게도, 나까지도.

애네 형이 세타나인이랑 같은 기획사에 있잖아.

진짜? 언제 데뷔하는데?

신기하다, 그럼 너두 막 유명해지고 그러겠다. 티비도 나오고.

너도 노래 잘해? 춤 잘 춰?

호기심. 질투. 그때부터 지금까지 나를 따라다니는 시선들. 묻는 말에 대답하지 않으면 잘난 척한다는 소리를 들었다. 그래도 변명할 생각은 없다.

형은 형이고 나는 나다. 형이 뭘 하든 나와는 상관없는 일이다. 형이 어떻게 되든 관심 없다. 내가 관심 있는 것은, 내가 어떻게 되느냐니까.

12시 반, 자야 할 시간이다. 내가 밤을 새고 공부하는 거라는 소문이 있다지만 잠을 충분히 자야 내일 또 집중할 수 있다.

자기 전 마지막 할 일은 내일의 계획표 점검. 한 달, 일주일 단위의 계획은 잡혀 있고, 매일 다음 날 세부 계획을 조정한다. 아침에 일어나서 할 것, 학교에서 쉬는 시간에 틈틈이 할 것, 학원, 독서실에서 할 것까지 정한다.

불을 끄고 침대에 눕자 형의 목소리가 다시 생각났다. 곧 갈 거야, 라니. 안 와도 돼, 라고 대답할 걸 그랬나.

작년에 형이 집에 내려와서 일주일 정도 있었던 적이 있었다. 연습생이 되고 난 뒤 집에 가장 오래 있었던 기간이었다. 어색했다. 아버지와 둘이 만들어 놓았던 생활의 리듬이 형 하나로 인해 엉망진창되어 버렸다. 혹시 형이 다시 돌아가지 않는 건 아닐까 생각하니 기쁜 게 아니라 두려웠다. 형이 다시 서울로 갈 때 처음

진심으로 말했다. 가서 잘하라고.

　이제는 제발, 형이 잘되기만을 바란다. 내 발목을 잡지 않도록.

　새벽 6시. 알람이 울리기 전에 눈이 먼저 떠진다. 눈을 뜨자마자 책상에 앉는다. 수학 문제를 몇 개 풀다 보면 정신이 맑아진다. 그리 오래는 못한다. 삼십 분. 밖에서 아버지 소리가 난다. 현관문을 열고 신문을 들여놓는 소리이다. 띠링, 문이 잠기는 소리를 듣고 잠시 후 나간다. 식탁에서 물을 마시는 아버지가 보인다.

　"안녕히 주무셨어요?"

　"그래. 잘 잤니?"

　아버지는 막 자고 일어났어도 머리가 단정하다.

　아버지가 씻는 동안 아침을 준비한다. 간단하다. 식빵, 우유, 과일. 쨈을 꺼내고 계란 삶을 물을 끓인다. 나는 아침을 먹고 나서 씻는다.

　아침을 먹는 동안 아버지는 신문을 읽고, 나는 핸드폰으로 이것저것 본다. 가끔 아버지는 이런저런 이야기를 꺼낸다. 직장에서 있었던 일, 친척들 소식, 어디서 읽은 것들. 그때는 핸드폰을 내려놓고 듣는다. 내 이야기도 한다. 짧게, 아무거나. 남들이 어떻게 보든, 우리는 제법 잘 지내고 있다.

　씻고 나오면 아버지는 이미 출근 준비를 마치고 거실에 앉아 텔레비전을 보고 있다. 머리를 말리고 교복을 입고 가방을 들고 나오면, 아버지는 텔레비전을 끄고 일어난다. 가스를 제대로 잠갔는지 확인하고 아버지와 함께 집을 나온다. 큰길까지는 함께 걷고 아버지는 버스 정류장으로, 나는 학교 가는 길로 간다.

"다녀오세요."

"용돈은 있니?"

"아직 있어요."

"그래. 잘 다녀와라."

아버지와 헤어지면 이어폰을 꺼내 귀에 꽂는다. 잔잔한 음악이 나온다. 아이들은 내가 영어 단어나 강의를 들을 거라고 말하지만 그 역시 헛소문이다.

7월의 아침. 햇볕은 벌써 뜨겁고 방학을 앞둔 교실은 들썩인다. 선생들도 충실히 수업을 할 생각이 없는지 1교시부터 자율 학습을 하라고 한다. 이어폰을 꽂는다. 갑작스레 생긴 빈 시간에 할 것들도 이미 계획표에 있으니까.

짝이 어깨를 툭 친다. 이어폰을 뺐다.

"왜?"

"저기, 너 부른다."

교실 뒤쪽에 모여 있는 아이들. 보지 않을 걸 그랬다.

"야, 너네 형은 도대체 언제 데뷔하냐?"

무시하는 게 답이다.

"야, 씹냐? 저 은따 새끼."

상관없다. 나는 내 할 일이 있으니까.

"신경 쓰지 마, 동욱아. 괜히 관심 끌고 싶으니까 저런다."

앞자리에 앉은 반장 경현이 뒤돌아 말한다. 경현은 내 수학 문제집을 슬쩍 뒤적인다.

"이거 학원 교재지? 거기 수학 괜찮냐? 아, 나 옮기고 싶다."

"수업은 괜찮은데, 애들이 좀 산만해."

"그거야 어디나 그렇지. 뭐 들어? 설마 세타나인은 아니겠지."

경현이 하는 말은 거슬리지 않는다. 농담이라는 걸 아니까.

"가요는 안 들어. 가사 들리면 집중에 방해되니까."

"어휴. 넌 공부를 얼마나 해야 만족하겠냐? 너 좀 따라잡아 보자, 진짜."

중학교 때는 경현이 나보다 성적이 좋았다. 고등학교 와서는 아직까지는 내가 앞선다. 기말고사 성적은 아직 나오지 않았지만 자신 있다.

"저 새끼 내가 언제 한번 밟는다."

아직 안 끝났구나. 교실 뒤를 향해, 경현이 몸을 반쯤 일으키고 외친다.

"야! 최기태! 말조심해라!"

나는 돌아보지 않는다. 언제나처럼.

형 때문에 싸운 적은 딱 한 번 있었다.

— 사연이 있어야 뜨잖아. 쟤네 형은 좋겠다, 엄마도 없고…….

죽도록 팼다. 전치 3주가 나왔다고 들었다. 내 입으로는 단 한 마디의 변명도 사과도 하지 않았다. 아이들이 담임에게 말했고 그 걸 아버지도 들은 모양이었다. 맞은 애 엄마에게 고개 숙여 사과 하는 것은 아버지의 몫이었다. 자기 아들이 무슨 소리를 했는지 알게 된 그 엄마도 고개를 숙였다. 이 좁은 동네에서, 우리 엄마를 잘 알던 아줌마였다.

— 제가 더 죄송해요, 동욱 아버지. 잘 타이를게요.

그 앞에 고개를 숙이던 아버지의 마른 등. 급하게 오느라 땀으로 젖은 셔츠.

이게 다 형 때문이라고 생각했다. 형은 내 주위를 이렇게 어지럽혀 놓고는 자기 길을 찾아서 가 버렸다.

형의 듀엣 데뷔가 무산되었다는 소문이 돌았을 때를 기억한다. 형에게서 들은 것은 없다. 모든 게 소문이었다. 형이 형과 함께 데 뷔하려 했던 연습생을 때렸고, 그 사람은 다 관두고 집으로 갔고, 형은 곧 퇴출될 거라는 소문. 형은 이 동네에서는 이미 연예인이 나 다름없어서 작은 소문도 금방 퍼졌다.

소문과 함께, 나를 보는 아이들의 시선도 달라졌다.

그럴 줄 알았어. 다 허세였네. 잘난 척은 그렇게 하더니.

형이 돌아오지 않자 그 소문은 잦아들었지만 그때 제대로 느꼈다.

형과 나를 완전히 분리해 놓아야 한다는 것을. 형이 받는 타격이 내게 오지 않도록. 형이 잘되든 잘 안 되든, 그 때문에 아이들이 나를 동경하든 깎아내리든, 나 자신에게는 아무 영향이 없도록 만들어 두어야만 한다는 것을.

그게 쉽지는 않다. 아이들 때문은 아니고, 아버지 때문에. 형이 없으니 내가 집을 떠나면 아버지는 혼자가 된다……. 그 생각은 안 하려 한다. 대학에 가면 어차피 일어날 일. 나도 이 도시를 떠나, 내 길을 찾아갈 것이다.

학원 강의 시간에 옆자리에서 쪽지가 건너왔다.

유치하게. 그냥 구겨 버릴까 하다가 반듯하게 접혀서 테이프로 봉한 쪽지를 뜯었다. 가끔 이런 쪽지를 받는다. 이 또한 형 때문일 거라 생각한다. 형과 나를 겹쳐서 보는 것이다.

— 수업 끝나고 휴게실에서 볼 수 있을까? 미안.

그리고 밑에 적힌 이름.

김지유.

입이 마른다. 그다음 강의는 몽땅 놓쳤다.

갑자기 왜? 이제껏 서로 인사도 아는 척도 하지 않았는데. 아니, 인사할 정도의 사이도 아니다. 같은 중학교를 나왔지만 3학년 2학기가 시작되도록 그런 애가 있는지도 몰랐다.

여름방학 끝나고 얼마 되지 않았을 때였다. 도내 수학경시대회 때문에 교무실에 불려 갔다. 수학 선생은 지루한 충고를 늘어놓았고 종 칠 시간이 되어서야 잔소리가 끝났다. 꾸벅, 돌아서려는데 옆 책상의 대화가 들렸다.

— 너 혼자 왔니? 이거 어떻게 다 들고 가려고?

국어 선생 책상에는 수행평가 숙제들이 수북이 쌓여 있고, 여자아이가 그 앞에 서 있었다. 국어 선생이 나를 보고 반색했다.

— 김동욱, 잘됐다. 너 애 좀 도와줘라.

— 아니에요, 저 혼자 들 수 있어요.

그 아이는 양손으로 종이 더미를 안아 올리려 했지만, 누가 봐도 혼자 들 양이 아니었다.

— 동욱아, 부탁해! 5반으로, 응?

꾸벅, 고개를 숙이고 종이 더미를 들었다. 3분의 2 정도. 나머지는 그 아이가 들었다.

— 아…… 괜찮은데…….

이름표를 얼핏 봤다. 김지유.

그 아이 뒤를 따라 걸었다. 어깨를 덮는 머리카락, 저 나머지도 내가 들 걸 그랬나 싶도록 가는 팔.

4층까지 묵묵히 뒤를 따랐다. 야, 너 뭐 하냐? 누군가 물었지만 대답하지 않았다.

5반 앞문 앞에서 그 아이가 멈췄다.

— 저기, 내가 가지고 들어갈게.

여자 반에 들어가는 건 나도 내키지 않았다. 하지만 이걸 얘가 다 들 수 있을까. 그 아이가 들고 있던 종이 뭉치 위에, 내가 든 것을 조심스레 놓았다. 한 걸음, 가까워졌을 때 반듯한 이마와 단정한 가르마가 눈에 들어왔다. 눈이 마주쳤다.

— 고마워.

김지유가 말했다. 그 순간, 가슴이 뛰기 시작했다.

김지유를 다시 본 건 일요일이었다. 언제나처럼 아버지와 저녁 외식을 하러 나갔다. 늘 가는 백반집에는 상을 당해서 비운다는 쪽지가 붙어 있었다. 아버지는 망설이다가 동료들과 가 본 적 있다는 근처 가게로 나를 데리고 갔다.

아버지가 주문을 했다. 무심코 물잔을 집는데, 그 아이를 봤다. 교복이 아닌 청바지를 입고 머리를 위로 올려 묶은 김지유를. 빨간 앞치마를 두르고 분주하게 식당 안을 오가고 있었다.

뭐라 말할 수 없는 당황스러움 때문에 나가고 싶었다. 내 바람과는 정반대로 지유가 음식을 담은 쟁반을 들고 우리 자리로 왔다. 고개를 푹 숙이고 작은 손이 반찬과 밥을 내 앞에 놓는 것을 보았다.

— 맛있게 드세요.

지유는 아는 척하지 않았다. 음식이 무슨 맛인지도 모르고 꾸역꾸역 먹었다.

— 체하겠다, 천천히 먹어.

반도 먹지 않은 아버지를 두고 서점에서 살 게 있다며 식당을 빠져나왔다. 저만치 걸어가서야 뒤돌아볼 수 있었다. 넓은 유리창 안에서 바쁘게 움직이는 지유가 보였다. 날 몰라봤겠지. 어쩌면 나를 기억조차 못 할 수도 있고.

그런데, 식사를 마치고 나온 아버지가 말했다.

— 저 집 딸이 너희 학교라며? 너 공부 잘해 좋겠다고 주인 아줌마가 그러네. 너랑 잘 아는 아이니?

고개를 저었다. 다시, 가슴이 뛰었다. 나를 아는구나. 나를 알아봤구나.

그 뒤로 나는 어디서나 김지유를 찾았다. 운동장에서, 매점에서, 복도에서. 지유를 보는 것은 내게는 의식 같은 일이었다. 하루 계획표에 적을 수 없는, 그러나 가장 중요한 할 일. 그렇게 중학교 졸업까지 지냈다.

보면서 알게 되었다. 조용한 아이. 친구들 뒤에 숨는 아이. 입을 손으로 가리고 웃는 아이. 누가 팔을 치고 지나가도 따지지 않는 아이.

고등학교에 오면서 학교는 달라졌지만 학원이 같으니 얼굴은 자주 봤다. 스쳐 지나가기도 여러 번, 하지만 모른 척했다. 나도, 지유도. 그런데 지금—

누군가 장난친 건지도 모른다. 그냥 집에 갈까. 그런데 발이 저절로 휴게실로 향한다. 커피 자판기와 벤치가 서너 개. 넓은 창으로 쏟아지는 햇볕. 에어컨 대신 선풍기. 휴게실에서 노닥거리지 말고 시원한 자율학습실에 들어가라는 원장의 소신대로 휴게실은 덥다.

거기, 지유가 있었다.

커피 자판기 앞에 서 있다. 눈이 마주치고, 지유가 수줍게 웃는다. 상상해 본 적은 많다. 이런 순간이 오면 어떻게 할지. 웃을까, 손을 흔들까, 고개를 끄덕일까. 어느 정도의 빠르기로 다가가야 할까…… 지유와 둘이 이야기하는 날이 오면. 어느 하나 정해 놓지 않았다는 것을, 이 순간이 오고서야 깨닫는다.

"김동욱, 안녕. 너네 형이 오늘기획사 연습생 맞지?"

지유 옆에, 다른 여자애가 서 있었다.

흔히 받는 질문이다. 다만, 지유와 함께 이야기할 주제로 생각해 본 적이 없었다. 지유가 그런 것에 관심 가질 아이라고 생각해 본 적이 없다.

내 대답은 애초에 그다지 필요하지 않았던 모양으로, 여자애는 재잘재잘 떠든다. 아마추어 가수를 뽑는 방송 프로그램 오디션을 보려고 준비하고 있다고, 조언을 해 줄 사람이 없다고, 너네 형한테 한번 이야기를 들어 보고 싶다고.

그제야 이 애가 누군지 알겠다. 한주하. 노래 잘하는 거로 유명한 아이. 형과 관련된 부탁을 받은 게 처음은 아니다. 내 대답도 정해져 있다. 그런 거 부탁하지 마. 나랑 상관없어.

그런데 한주하가 말한다.

"우리 둘이 나름 준비는 해 왔는데, 제대로 하고 있는지 점검하고 싶어서 그래. 우리 하는 거 한번 봐 주시기만 하면 되는데. 아주 잠깐."

우리? 한주하…… 그리고 지유까지?

"둘이서 한다고?"

지유가 작게 고개를 끄덕인다. 지유가 저 아이와 같이? 어이가 없다. 뻔하다, 저 한주하라는 애가 바람을 넣은 거지. 김지유는 자기가 뭘 하겠다고…….

"지유 기타 잘 쳐. 몰랐지?"

한주하가 말한다.

전혀, 몰랐다. 덥다. 점점 거북해진다. 뭐라도 말해야 한다.

"형, 집에 잘 안 와. 서울에서, 거기 숙소에서 사는데."

숙소, 라는 말이 입에서 버석 씹혔다. 이조차도 자랑하는 것처럼 들릴 것 같았다.

"그렇구나……."

지유는 안타까운 얼굴을 했다. 둘이서 마주보고 소곤거리더니, 한주하가 말했다.

"그럼, 네가 대신 들어 봐 줄래?"

"내가?"

"우리가 누구한테 물어보겠니. 음악 선생님한테 물어봐? 우리 음악 선생님은 할아버지라고."

한주하는 웃음 띤 얼굴로 한숨을 내쉰다.

"난 아무것도 몰라."

"그래도. 그냥 듣고 느끼는 대로 말해 주면 돼. 도움이 많이 될 거야."

"부탁할게……. 미안."

김지유가 작게 덧붙였다. 아까 쪽지도 그렇고 미안, 하고 말을 끝내는 것이 말버릇인가.

나는 가수도 아니고, 심사위원도 아니고, 하다못해 형도 아닌데. 이 아이들은 내게서 뭘 기대하는 걸까.

엉겁결에 한주하와 연락처까지 주고받았다. 자율학습실에 돌아와 계획표대로 참고서를 펼쳐 놓고 잠시 넋을 놓고 있는데, 한주하에게서 문자가 왔다. 일요일 오후에 자기 집에 와 줄 수 있느냐고, 노래를 들려주겠다고.

중3 가을, 지루한 소방훈련 때문에 강당에 모여 있을 때 체육 선생이 한주하를 불러내서 노래를 시켰다. 남학생들도 다 모여 있는데 갑작스레 노래라니, 보통 아이 같으면 못한다 도망갔을 텐데 하나도 기죽지 않고 대뜸 나와 부르는 걸 보고 당찬 아이라는 인상을 받았다.

그렇지만 내게 중요했던 건 한주하가 노래를 하는 동안 지유가 내 시야가 미치는 곳에 있었다는 사실이었다. 한주하가 불렀던 노래를 똑똑히 기억하고 있다. 그 시간의 배경음악이었던 노래를.

내 마음이 움직이는 소리를 들었어
아주 조그만 하지만
아주 또렷한

늘 같은 자리에 있는 줄 알았어
어느새 저만치 걸어가고 있네

친구와 소곤거리고, 머리를 묶었다 풀기도 하고, 웃기도 하는 지유를 봤다. 그리고 상상했다. 지유의 옆에 앉아 무슨 이야기 하는지 듣는 상상. 지유가 내게 이야기하는 상상을.

　생각해 보면 지유가 나를 알아봤다는 건 그리 특별한 일이 아닐 수도 있었다. 작은 학교, 비슷비슷한 동네에 사는 아이들. 대부분 서로를 알았다. 게다가 형이 기획사 연습생인 나를 모르는 아이는 거의 없을 것이다. 하지만 이미 내 마음은 움직여서 저만치, 지유에게로 가고 있었다.

　여자애네 집에 가 본 것이 얼마 만이더라. 초등학교 때 이후로 처음이다. 샤워를 하고 나서 건조대 앞에 한참을 서 있었다. 뭘 입어야 하지. 하얀 티셔츠를 집었다. 바싹 말라 있다. 빨래를 그저께 널었던가. 이미 말라 버석버석한 빨래들을 차곡차곡 접는다. 햇볕 냄새가 난다.

　일요일 오후, 아버지는 기원에 갔다. 약속 시간은 아직 한참 남았다. 소파에 앉아 텔레비전 채널을 돌리다가, 시끄러운 웃음소리에 질려서 껐다. 집 안에는 나른한 침묵이 감돈다. 시간이 너무 천천히 흐른다.

　내가, 긴장하고 있구나. 문득 깨달았다.

배가 고프지 않지만 간단히 밥을 차려 먹고 집을 나섰다.

"들어와! 시간 맞춰 왔네. 지유는 조금 늦는대."

젠장. 실망한 티를 내지 않으려 일부러 고개를 돌렸다. 햇빛이 잘 들어오는 환한 거실, 흰색 소파에 앉았다.

"덥지? 마실 거 줄까?"

차가운 오렌지 주스. 신맛은 좋아하지 않지만 시원하니까 마셨다. 한주하는 기역자로 꺾어진 소파 한쪽에 앉았다. 집에 다른 사람은 없는 건가? 갑자기 가슴이 묵직하게 답답해진다.

"나 너 중2 때부터 알았는데. 넌 기억 안 나지? 우리 특활 같이 했었는데."

그랬던가. 기억에 없다. 한주하는 말을 잘한다. 나는 대답만 하면 된다. 너희 학교 축제는 언제야? 너 김명원 알아? 걔 여기 12층에 살아. 너랑 친하니? 한 톤 밝은 목소리. 부담스럽다.

"뭐 궁금한 건 없니?"

"내가 궁금한 거?"

불러 놓고서 무슨 소리인가. 사실, 궁금한 것은 있다. 어떻게 지유와 친해졌는지. 지유가 기타를 치는 것은 어떻게 알았는지. 둘이 어떻게 연습을 했는지. 지유는 언제 오는지.

"오디션은 왜 나가려고 하는 거야?"

"아⋯⋯."

한주하는 고개를 갸웃했다.

"지유가 먼저 하자고 한 거야."

막연하게, 한주하가 지유를 부추겼을 거라고 생각하고 있었다. 억지로 끌어들인 거라고. 한주하는 계속 이야기했다. 지금 같은 반이고, 짝이 되고 친해졌을 때 지유가 같이 하자고 했다고. 이미 지원 기간은 시작되었고 전화로 오디션을 먼저 보고, 합격하면 서울로 2차 오디션을 보러 가게 된다고.

"너, 진짜 말 없구나?"

한주하는 지루해진 모양이다. 늘상 있는 일이다. 시간을 때우려고 마음에도 없는 말을 지어낼 생각은 없다. 말을 하지 않는 게 편하다.

"앨범 보여 줄까?

"뭐?"

갑자기 무슨 앨범?

한주하는 말을 돌렸다.

"음악 듣자. 내가 좋아하는 음악도 괜찮지?"

거실의 오디오에서 노래가 나온다. 전주를 들었을 때는 몰랐는데, 노래가 시작되자 알겠다.

마음이 움직이는 소리를 들었어……

이건 우연일까. 한주하가 불렀던 노래, 지유의 테마로 내가 기억하는 바로 그 노래다.

"……좋아하니?"

"뭐?"

"세타나인 좋아하냐고. 싫으면 딴거 틀까?"

"아니, 괜찮아."

지유를 좋아하느냐고 묻는 줄 알았다. 놀란 가슴이 저 혼자 뛴다.

"아, 왜 안 오지."

한주하가 핸드폰을 만지작거린다. 문자를 보내는 건가.

음악이 세 곡 지나가고, 초인종이 울렸다. 한주하가 벌떡 일어나 현관으로 갈 때 나도 엉거주춤 일어섰다.

지유는 숨을 몰아쉬면서 들어왔다. 눈이 마주쳤다. 순간 가슴이 콱 막힌다. 지유는 정말로, 검은 기타 가방을 메고 있었다. 지유의 어깨 위에서 가방은 무거워 보인다.

"늦어서 미안."

지유가 나와 한주하 사이 어딘가를 보면서 사과했다.

"아니야, 기타 메고 오느라 고생했겠네."

한주하가 지유의 기타 가방을 받아 든다.

한주하가 식탁 의자를 하나 가져왔다. 지유는 그 의자에 앉아 익숙하게 기타를 잡는다. 코드를 짚는 손놀림도 어색하지 않다. 내가 아는 김지유가 맞나. 한주하는 의자 등받이를 한 손으로 잡고 섰다.

"이거 지유가 만든 노래다."

한주하의 말에 지유는 어색한 미소를 짓는다. 새로운 정보가 너무나 많다. 따라잡기 힘들어서 간신히 말했다.

"이미 말했지만, 난 잘 몰라. 요즘 음악은 듣지도 않아."

"괜찮아."

한주하가 말하고, 지유는 살짝 미소를 지었다. 가슴이 익숙한 리듬으로 다시 뛴다.

"하나, 둘, 셋, 넷."

지유의 기타 연주가 시작되었다.

코드를 잡는 손과 옆으로 기울인 얼굴, 박자 맞춰 까딱이는 발. 내 눈 앞에 있는 지유. 상상이 현실이 되었다, 상상 못한 이상한 상황으로.

기타 전주는 예상보다 밝았다. 통통 튀는 음표들 위로 한주하의 목소리가 얹혀졌다.

막연한 건 난 싫어

구체적으로 말을 해 봐

내가 어디가 좋은지

구체적으로 말을 해 봐

그냥 좋아 마음에 들어

느낌이 좋아 한눈에 반했어

그런 말은 지겨워

말을 한다 해서 마음이 달라질 건 아니지만

이유는 알고 싶어

지유가 만든 노래라고 생각하며 들으니 가사가 그냥 들리지 않는다. 지유를 좋아한다고 말하는 사람이 있나. 설마 남자 친구가 있는 건 아니겠지. 혼란스럽다. 그런데 노래는 다른 방향으로 향했다.

막연한 건 곤란해

구체적으로 말을 해 봐

내가 어디가 싫은지

구체적으로 말을 해 봐

괜히 싫어 그냥 짜증나
완전 비호감 눈에 거슬려
그럼 나더러 어쩌라고

말을 한다 해서 나를 고치려는 건 아니지만
이유라도 알아야지

"안 그래?"

지유가 장난스럽게 추임새를 넣는다. 나는 조금 놀라고 있다. 조용하고 성실하고 수줍은 줄만 알았던 지유가 저런 가사를 썼다니.

지유의 기타 솔로가 있고 한주하의 목소리가 뻗어 나가는 고음부가 나온다. 그리고 마지막 마무리.

막연한 건 네 맘이지
내가 뭘 어떻게 하겠어
하지만 듣는 건 나니까
구체적으로 말을 해 봐
부탁해

생각보다 나쁘지 않았다. 아마 나는 걱정했던 것 같다. 학예회 수준의 무엇을 보게 될까 봐, 민망해질까 봐, 지유에게 좋은 말을 해 줄 수 없을까 봐.

"어때?"

한주하가 묻는다.

"괜찮은데."

"정말?"

지유의 얼굴이 밝아졌다. 한주하는 내게 종이 한 장을 내밀었다.

"한번 더 들어 볼래? 여기, 가사."

이번엔 가사를 읽으며 노래를 들었다. 세련되지는 않았지만 풋풋한 가사와 멜로디가 한주하의 목소리와 잘 어울렸다.

중간에 지유의 기타 솔로. 잘한다. 잘한다는 걸 확실히 알겠다. 지유는 언제부터 기타를 쳤을까? 왜 나는 전혀 몰랐을까, 왜 조금도 티를 내지 않았을까? 악기를 하는 애들을 모두 모아 밴드며 오케스트라를 만들겠다고 음악 선생이 그 난리를 쳤었는데. 중학교 때는 안 했나? 저런 연주가 반 년 만에 가능한 건가?

지유는 한주하의 노래에 코러스를 덧붙인다. 가늘게 울리는 목소리. 언제부터 노래를 만들기까지 했을까? 지유는 가수가 되고 싶은 걸까?

궁금한 것이 너무 많은데…….

"어때? 충고 좀 부탁해."

노래가 끝나고 한주하가 말했다. 지유도 상기된 얼굴로 나를 본다.

"내가 듣기엔…… 괜찮은데."

"진짜? 진짜?"

고개를 끄덕인다. 뭐라고 덧붙일 말이 없다. 지유와 한주하는 충분히 기쁜 모양이었다.

"네가 처음이야, 우리 노래 들은 거."

당혹스러운 말이다. 내가 뭐라고. 왜 내게. 그러곤 금방 생각이 난다. 형 때문이었지……. 진짜 형은 올 수 없으니 내가 대타가 되는 거였지. 그래도 기분이 나쁘지 않았다.

한주하도 지유도 형 이야기를 다시 꺼내지 않았다. 내가 들어 주면 된다는 말이 진심이었던 모양이었다. 그런데, 이번에는 내 마음이 움직였다.

집에 돌아와서 오디션 프로그램의 영상을 검색했다. 지유에게 조금이라도 도움이 되고 싶었다. 세상에 노래를 잘하는 사람이 이렇게 많은지 처음 알았다. 나와 비슷하거나 더 어린 아이들이 많이 출연한다는 것도. 기타를 들고서 자작곡을 부른 아이들도 많다.

지유에게 기회가 있을 것 같다는 생각이 점점 굳어진다. 이 정도로 칭찬을 받는다면 지유와 한주하는 환호를 받을 수도 있다.

처음엔 메모를 했다. 그 양이 점점 많아져서, 한글 문서를 작성하기 시작했다. 호평을 얻는 유형의 특징을 분석하고, 혹평의 이유들을 정리했다. 영상을 하나 보면 다른 것이 나오고, 또 나온다. 처음에는 자작곡 영상만 보려 했는데 보다 보니 다 보게 되었다. 가요를 부르는 아이, 팝송을 부르는 아이, 춤을 추는 아이.

그 가운데 문득, 형의 모습이 겹쳐 보인다.

노래를 하고 춤을 추고 긴장된 얼굴로 평가를 기다리는 아이의 모습에서 형을 본다.

저런 게 형이 하는 일일까. 난 형의 노래도 들어 본 적 없고 춤 추는 것도 본 적 없다. 일부러 관심 갖지 않으려 했다. 형은 잘할까? 잘하니까 연습생이 되었겠지. 쉽지 않을 거란 생각이 든다. 지금까지는 자기 하고 싶은 일 하며 혼자 잘 살고 있을 거라 생각했었다.

문서 작성을 하는 데 일주일이 걸렸다. 그동안의 계획은 엉망이 되었지만 괜찮다. 충분히 따라잡을 수 있다.

A4 용지로 열 장 정도, 편집까지 완벽하게 다 해 놓고 나니 뿌듯했다. 동시에 불안감이 몰려왔다. 내가 너무 앞서 나갔나? 너무 진지하게 반응했나? 너무 바보 같은 건 아닌가?

게다가 이걸 어떻게 전해 줘야 하나. 지유에게 직접 줄 수는 없을 것 같아 한주하가 어디 있나 살피다 알았다. 학원 자율학습실 한주하 자리가 바로 내 옆 옆 자리였다.

한주하는 이어폰을 꽂고 문제집을 들여다보고 있었다. 어깨를 툭 쳤다.

올려다보는 한주하의 눈에 놀라움과 반가움이 스친다. 쑥스러워져서 손짓하고 앞서 나갔다.

"이게 뭐야? 우와!"

문서를 훑어보면서, 한주하는 진심으로 기뻐하는 것 같았다.

"정말 고마워!"

지유를 불러서 같이 봐야겠다는 한주하를 뒤로 하고 자율학습실로 돌아왔다. 지유가 어떤 얼굴을 할지 보고 싶었지만. 웃는 모습을, 아니, 그냥 지유의 얼굴을.

1차 오디션에 통과했다는 소식을 여름방학이 시작된 뒤에 들었다. 한주하의 전화였다.

— 밥 살게!

"됐어."

— 2차까지 합격한 다음에 사도 되지만, 잘 안 되면 너도 얻어먹기 좀 곤란할 거 아니야. 지금 먹자.

한주하는 참 시원하게 말한다. 그 애의 이야기를 듣다 보면 망설일 것도 뒤로 뺄 것도 없을 것 같다. 모든 게 쉽게 느껴진다.

한주하가 고른 가게는 한주하네 아파트 상가에 있는 작은 피자 가게였다. 나무 의자와 테이블, 파스텔톤의 커튼. 아버지와 하는 주말 외식과는 천지 차이다.

여자애 둘과 하는 식사. 처음 있는 일이다. 중학교 때도 여자애들하고만 밥을 먹어 본 적은 없다.

"브랜드 피자 가게보다 맛있어. 시내로 나갈까 하다가 동욱이 네가 불편할 거 같아서."

한주하가 말했다. 그 배려가 새삼 다가온다. 지금 이 시간 시내에는 아는 아이들이 다 나와 놀고 있을 것이다. 거기서 이 둘과 식사를? 어떤 시선들이 꽂히고 무슨 말이 오갈지 너무나 뻔하다.

주문은 한주하가 했다. 음료수가 먼저 나오고, 무슨 말을 해야하나 하는 걱정이 무색하게 한주하가 대화를 이끌어 간다.

"우리 닮았어? 자매냐는 소리 많이 듣는다, 요즘."

"옷이 비슷하네."

지유는 오늘 청량한 파란 줄무늬 셔츠를 입었다. 한주하는 하늘색 원피스를 입었고. 내 말이 떨어지기 무섭게 둘 다 웃음을 터뜨린다.

"이게 뭐가 비슷해!"

어색함은 한결 가셨다. 지유도 편안해 보인다. 피자도 맛있었다. 지유를 신경 쓰느라 양껏 먹지는 못했지만.

음식이 줄어들수록 자꾸 드는 생각에, 대화를 놓치게 된다. 한주하의 집은 바로 옆. 지유와 나는 같은 방향이다. 한주하가 먼저 집에 들어가면 나와 지유만 버스를 타고 가게 된다.

식사를 마칠 때쯤, 한주하가 창밖을 가리켰다.

"비 온다!"

"나 우산 없는데……."

지유가 입술을 살짝 깨물었다. 긴장이 풀렸는지 허술한 모습이 나오는 게 귀엽다. 웃음을 참느라 고개를 돌렸다.

한주하가 말한다.

"어, 그럼 우리 집까지 일단 같이 가자. 내 우산 빌려 가."

"그래야겠다."

나 우산 있는데. 바래다줄까. 말이 입안을 맴돈다. 너무나 말하고 싶다. 너희 집 어딘지 알아, 우리 집에서 멀지 않잖아, 내가, 우산 씌워 줄게……. 절대 하지 못할 말.

"동욱이 너는 우산 있어?"

한주하가 묻는다. 나는, 나도 모르게 고개를 저었다.

"없어."

가방을 뒤로 슬쩍 숨긴다. 그 안에 든 우산이 보일 리 없다는 걸 알면서도.

"빌려 줄게, 같이…… 아, 셋이서는 못 쓰겠다. 둘이 여기서 좀 기다릴래? 내가 빨리 가서 가져올게."

한주하가 말했다. 지유와 둘이 이 장소에?

"같이 가자, 너 심심하잖아."

지유가 한주하의 팔을 잡았다.

"그럼 동욱이가 심심하잖아."

한주하가 웃으며 말했다. 하지만 그 말이 진심은 아니었던 듯 둘은 기다리란 말을 남기고 가게를 나갔다.

거짓말을 했다. 기분이 썩 좋지 않았다. 그냥 가 버릴까.

하지만 지유와 한주하가 돌아왔을 때, 나는 우산을 숨기기를 너무나 잘했다고 생각했다.

버스 정류장까지 한주하가 바래다주었고, 마침내 온 버스에 지유와 내가 탔다. 사람이 적당히 차 있고 빈자리는 딱 하나, 뒤쪽의 이인용 좌석.

우리는, 우리 둘은 이인용 좌석에 앉는다. 나란히.

지유를 창가에 앉힐 걸 그랬다고, 버스가 출발하고서야 생각이 난다.

무슨 이야기를 할까. 이런 순간을 분명히 상상했던 것 같은데. 지금 뭐라도 말하지 않으면 아무 말도 못하고 버스에서 내리게 될지도 모른다. 미친 듯 후회하게 되겠지.

"그 가사는…… 어떻게 썼어? 경험담?"

묻고 나니 얼굴이 화끈거렸다. 너를 좋아하는 애가 있어? 네가 알고 있어?

"어……. 그렇긴 한데……."

그랬구나. 그게 누구인지 알고 싶기도 하고 알고 싶지 않기도 하다.

설마.

내가 자기를 좋아한다는 걸 알고 있는 건 아니겠지. 그럴 리가 없다. 티를 낸 적이 절대 없으니까. 하지만 동시에, 그게 나였으면 하는 생각이 든다.

"누가 너 싫대?"

진짜 묻고 싶은 것과 다른 질문을 한다. 지유가 고개를 들고 웃었다. 아, 나는 지유와 웃으며 대화하고 있다.

"대놓고 그런 건 아닌데 그런 느낌 들 때 있잖아……. 쟤가 나 싫어하나 보다 하고. 답답하게 말은 안 하고."

"알아, 그런 거."

"그런데, 진짜 구체적으로 말하면 엄청 상처 받을 거 같아. 음, 구체적으로 안 말해 줬으면 좋겠는데. 아, 속마음과 다른 가사를 썼네."

"맞아. 별로 알고 싶지 않지."

정신 차려 보니 나는 계속 지유의 말에 맞장구만 치고 있다.

지유에게 집중하느라 버스가 한참을 움직이지 않고 있다는 것도 몰랐다.

"아이고, 앞에서 사고 났네. 좀 걸리겠는데요, 급하신 분들은 내려서 다른 거 타세요."

버스 기사 아저씨가 문을 연다. 사람들은 일제히 짜증 섞인 탄식을 내뱉는다. 비가 많이 내리고 있다. 내리는 사람도 몇 명 있지만, 그대로 앉아 있는 사람도 꽤 된다.

내리고 싶지 않다. 비를 맞고 싶지 않다. 다른 길을 찾아 걸어가고 싶지 않다. 지유와 나누는 이야기를 멈추고 싶지 않다.

"어쩌지?"

지유가 묻는다.

"비 맞기 싫은데. 그냥 타고 있는 게 낫겠어."

초조하다. 지유는 바쁜가? 빨리 가야 하나? 먼저 내릴 건가? 지유가 내린다고 하면 나는 어쩌지? 같이 내린다고 말을 바꾸면 나를 이상하게 보지 않을까? 아, 내가 먼저 물어봤어야 했다!

"그럼 나도 그냥 있을래."

지유는 등받이에 편안히 기댄다. 그 모습이 눈물이 날 정도로 반갑다. 그동안 상상만 했던 일이 갑작스럽게 너무 많이 일어나고 있다.

비는 점점 세차게 내리고, 버스 창문은 뿌옇게 흐려진다. 버스가 아니라 창문이 많은 방에 앉아 있는 기분이다.

문득, 묻고 싶어진다. 작년에 말이야, 내가 너 도와줬던 거 기억하고 있어? 너희 가게에 갔던 거 기억하니?

"방학 때 뭐 하는 거 있어?"

잠깐 말이 끊긴 틈을 메우기 위해 물었다.

"아……. 공연 보러 다닐 거야. 서울에는 공연 많으니깐."

"무슨 공연? 노래?"

"어. 큰 공연은 아니고, 카페 같은 데서 하는 공연인데……. "

"너 혼자?"

"거기 사촌언니가 사는데…… 언니가, 노래하고, 음, 그러거든. 인디 쪽에. 싱어송라이터 같은 건데, 자기 노래 자기가 부르고. 기타 치면서."

지유와 기타, 그 어울리지 않던 조합이 이해되기 시작한다. 중1 때, 그 사촌이 지유네 집에 몇 달 와서 지냈던 적이 있었는데 그때 기타를 배웠다고 했다. 그 뒤로는 쭉 독학을 했다고.

겉멋으로 기타를 들고 다니다가 제풀에 포기하는 애들은 많이 봤다. 새삼 지유가 대단해 보였다.

"그…… 누나는 뭐래? 너 오디션 나가는 거."

"뭐 하러 그런 데 나가냐고 하지."

지유는 웃는다.

"노래 만들고 싶으면 만들고, 부르고 싶으면 부르는 거지, 굳이 오디션이나 방송 같은 데 나가려고 해야 하냐고. 근데, 나는 알고 싶어. 내가 어떤 평가를 받을지. 그런 평가들이 절대적이지 않다는 건 알지만, 경험해 보고 싶었어. 안 돼도 상관없어. 어차피, 당장 뭘 이루려는 건 아니고…… 계속 할 거니까."

예상 문제 골라 풀듯이 정리한 나의 오디션 분석이 무색해진다. 목표가 있으면, 계획을 세우고 그대로 실천하면 된다고 생각했는데. 그 목표가 성공이 아니라면 어떻게 계획을 세워야 하는 걸까.

"가사, 언니한테 보여 주고 그러거든. 노래는 창피해서 못 들려줬지만. 그때 언니가 그랬어. 내가 쓴 가사에는 나라는 말이 너무 많다고."

"나?"

"어, 나."

지유는 손가락으로 자신을 가리켜 보인다.

"나라고 말 안 해도 내 얘기인 걸 아는데 뭐 자꾸 나, 나, 그러냐고. 그 말을 듣고 보니 진짜 많은 거야. 내가, 내 마음이, 나의…… 다 나야."

지유는 상기된 얼굴로 다시 웃는다. 내 안에 내가 너무 많은가?

농담도 하면서.

"없어도 말이 되는 건 다 빼라고. 그리고 남은 자리에 진짜 하고 싶은 말을 넣으라고. 노래처럼 보이게 하려고 필요 없는 말, 의미 없는 말을 쓰지 말고. 그렇게 해 보려고 하긴 하는데, 너무 어렵다."

지유는, 내가 그려 놓은 모습보다 강했다. 또렷했다. 그래서…… 더 이야기하고 싶어졌다. 더 많은 것을 알고 싶었다.

"저기."

지유가 나를 똑바로 바라본다.

"고마워."

"내가 뭘 했다고."

"저기."

무슨 말을 하려고 저렇게 망설이는 걸까.

"음……, 이런 말 해도 되는지 모르겠지만…… 네가, 기분 나쁠까 봐."

지유의 목소리가 떨린다. 갑자기, 목이 막힌다.

이런 상황은 몇 번 겪었다. 여자애들이 나를 불러내고, 고백하고. 상상해 본 적도 있다, 지유가 나에게 말한다면. 이상하게도, 내가 지유에게 고백하는 상상은 해 본 적이 없다. 왜 그랬지. 이 순간에 이런 생각을 하고 있는 내가 참 이상하다.

"주하가……."

"어?"

"너 좋아해."

지유는 얼굴이 발개진다. 주하가…… 그 말만 없었다면, 내 상상과 완벽히 맞아떨어졌을 것이다.

화가 치밀었다. 기분이 더러웠다. 왜 내게 이런 말을 하는 거지? 하필이면, 왜 네가.

"알았어."

"응?"

"알았다고."

"진짜?"

지유의 얼굴이 환하게 밝아졌다.

긍정의 의미로 받아들여졌다는 걸 한 박자 늦게 깨달았다.

"아니!"

지유의 눈에 정직하게, 물음표가 그려진다.

"난 한주하한테 관심 없어."

"아…… 그렇구나. 주하 좋은 애야."

"그러거나 말거나!"

말이 거칠게 나갔다. 지유의 눈이 다시 한 번 동그래진다. 금방이라도 울 것처럼 눈가가 붉어졌다. 나는 차라리 지유가 울었으면

했다.

"왜 쓸데없는 소리를 전하고 그래? 그렇게 한가하냐?"

하지만 지유는 울지 않았다.

"……미안."

뭔가 잘못되었다는 생각이 들기 시작했지만, 되돌릴 방법이 없었다.

혼자 버스에서 내리겠다고 생각한 순간에 버스가 느릿느릿 움직이기 시작했다. 아저씨를 졸라서라도 내렸어야 했다. 내릴 정류장까지, 너무 멀었다.

정류장에 도착하자마자 지유를 돌아보지 않고 먼저 내렸다. 일부러 우산을 쓰지 않고 집까지 걸었다.

"우산 없었니?"

아버지가 눈을 크게 뜨고 묻는다. 우산, 두 개나 있었다.

샤워기 밑에서 정신이 들었다.

지유에게 화를 냈다. 소중히 아껴 간직해야 할 시간을 깨 버렸다. 부드럽게 말할 수도 있었는데. 슬쩍 넘겨 버리고, 다른 대화를 더 할 수도 있었는데. 안녕, 잘 가, 웃으며 인사할 수도 있었는데!

지유가 한 말을 돌이켜 보았다. 한주하도 물론 좋은 아이다. 직접 대해 보니 알고 있던 것과는 달랐다. 그러나 지금은 그저 화가 날 뿐이다. 한주하에게, 지유에게, 나 자신에게.

씻고 나오자 아버지는 보던 텔레비전을 껐다. 중요한 할 말이 있을 때 아버지의 버릇이다.

"작은 방 치워야겠다."

원래는 내 방이었지만 형이 떠난 뒤에는 내가 형 방으로 옮기고 그 방에는 잡동사니를 쌓아 두었다.

"형 내려온단다."

"예에?"

아버지가 전한 말은 짧았다. 형이 연습생을 그만둔다고, 아예 집에 내려온다고 했다. 왜? 또 무슨 사고라도 친 건가? 차마 물을 수가 없었다. 대답을 듣고 싶지 않아서.

아버지도 나도 며칠 동안 그 이야기는 꺼내지 않았다. 그냥 없던 일이 되기를 바랐다. 하지만 금요일 아침 식사 자리에서, 아버지가 말했다.

"이따 형 데리러 서울 갈 거다."

뭐라 할 말이 없다.

보충수업 때문에 학교에 와서도 내내 마음이 어지러웠다. 형이 오면, 어떻게 되는 거지. 아버지와 기껏 쌓아 놓은 생활은 엉망이 될 거고, 엄청나게 소문이 퍼질 거고, 나는 아무것도 잘못한 게 없는데, 아니 심지어 아무것도 하지 않았는데 공격당할 게 뻔하고…….

경현이 뒤를 돌았다. 주위를 휙 보더니 작은 목소리로 물었다.

"너 김지유랑 사귀어?"

"뭐?"

"아까 화장실에서 애들이 얘기하더라. 김지유가 걔 맞지? 머리 길고 착하게 생긴 애. 우리 중학교 나오고."

함께 버스 탄 걸 누가 봤구나 싶었다. 소문의 대상이 한주하가 아니라 지유라는 것에 그나마 기뻐해야 하나.

"아니야."

"그럼?"

우연히 만나서, 어쩌다 도와줄 일이 있어서, 김지유 걔가 오디션에 나간다잖아……. 설명할 수도 없고 설명하고 싶지도 않다.

경현이 말을 이었다.

"김지유 괜찮던데. 걔 기타 잘 치잖아."

"어떻게 알았어?"

내 목소리는, 내가 들어도 이상했다. 경현은 별 새로운 것도 아니라는 듯이 말한다.

"어, 우리 큰이모가 노래 교실 발표회 한다고 해서 갔었는데, 거기서 반주하던데? 걔네 할머니가 시켜서 한다더라. 아줌마들이 다 예뻐하던데. 놀랐어, 여자애가 기타 치는 거 별로 없잖아."

이 새로운 정보가 왜 이리 아프게 느껴질까. 내가 모르는 지유의 생활이 있다는 건 너무나 당연한데.

지유의 세계 안에 내가 없었다는 걸 확실히 알겠다. 오디션이 아니었다면, 역시나 형이 아니었다면 지유와 나 사이에는 아무 접점이 없었을 거라는 것을. 기타를 치는지, 노래를 만드는지 알 리 없었을 것이다. 지유는 내게 그런 것들을 말해 주지 않았을 것이다, 너무나 당연히.

형이 돌아오고 지유가 그 사실을 알게 되면 어떻게 생각할까. 형이 연습생이어서, 곧 가수 데뷔를 할 거라서 내게 노래까지 들려주고 그 많은 이야기를 한 건데. 마치 내가 사기꾼이 된 것 같다. 목까지, 기분 나쁜 덩어리가 치밀어 오르는 것 같았다.

학원 자율학습실에서 밤까지 버티다가 열 시쯤 집에 왔다. 형과 아버지는 열한 시쯤 들어왔다.

진짜, 형이었다. 양손에 든 짐. 정말로 돌아왔구나. 형이 반갑게 말을 건넸다.

"잘 있었어?"

나는 숙제할 게 있다고 중얼거리고 내 방에 들어왔다. 형을 보고 있을 자신이 없었다.

문제집을 펴 놓았지만 문밖의 소리에 온 신경이 쓰였다. 샤워를 하는지 물소리가 나고, 문이 열리고, 닫히고, 잠시 후에 내 방문을 두드리는 소리가 났다. 똑똑. 형이었다.

젖은 머리에 수건 하나를 어깨에 두르고서 형은 내 방을 둘러보았다.

"공부 열심히 하는구나."

그게, 지금 형이 할 말이야?

"당연히 해야지."

퉁명스럽게 말이 나갔다.

형은 침대에 앉는다. 나는 돌아보지 않았다. 형은 곧 일어났다.

"그래, 공부하고…… 내일 이야기하자. 형 먼저 잘게."

대답하기도 싫다. 형이 방을 나갈 때까지, 책상에 펼쳐진 문제집만 보고 있었다.

손에 쥔 연필에 점점 힘이 들어갔다. 문제집 위로 막 그어 댔다. 종이가 찢어지고, 연필심이 부러졌다.

속에서 끓어오른다.

다 버리고 갔으면 제대로 해냈어야 하잖아? 여태껏 뭘 한 거야? 실패한 거야? 포기한 거야?

지유와 한주하에게 말하고 싶었다. 반짝거리지? 겉보기만 그럴 뿐이야. 몇 년을 노력해도 저렇게 끝나 버려. 시간 낭비만 하게 된다고!

"따르릉!"

112

집 전화가 울려서 소스라치게 놀랐다. 뛰어나가 전화를 받았다. 형도 막 방문을 열고 나왔다.

지나치리만큼, 조금 거부감이 들 정도로 밝은 목소리가 들려왔다.

— 여보세요? 거기 시리네 집이에요?

"누구요?"

처음엔 형을 뜻하는 말인 줄 몰랐다.

— 아, 시리 이름이 뭐였지? 시…… 시훈? 시, 시, 시…… 아, 맞다, 시욱이!

"……신욱이겠죠. 형, 형 전화."

전화기를 형에게 넘겼다.

"아."

형의 표정이 미묘하게 변했다. 무표정하게 지쳐 있던 얼굴에 약간의 활력이. 아니면 당혹스러움인지.

"그래. 누가…… 아. 뭐? 뭐? 뭐?"

되묻는 형의 목소리가 점점 커졌다. 형은 수화기를 내려놓고 눈을 비볐다.

"왜?"

"친구가…… 아는 애가 터미널이라는데."

"터미널? 여기 터미널? 지금 열두 신데? 우리 집에 오는 거야?"

"집이 대구야."

집까지 오는 버스는 진작 끊긴 시간이다. 택시는 있으려나? 형이 안방 문을 두드린다. 난 한번도 이 시간에 아버지를 깨워 본 적이 없는데. 커터 칼에 손을 베었을 때조차도.

아버지는 안경을 들고 졸린 눈을 비비며 나왔다. 형의 설명에 아버지는 두말없이 옷을 갈아입었다. 나도 따라나섰다.

차 안에서 형이 말했다.

"자고…… 가라고 해야 할 것 같은데요."

"그래야지."

아버지가 묵묵히 대답했다.

지금 이 시간에 어딜 가겠는가, 알면서도 당황스러웠다. 형도 불편한 마당에, 형 친구가 와서 잔다고?

컴컴한 터미널 앞 도로에 사람의 형체가 보였다.

"맞는 것 같아요."

아버지가 차를 세우고, 형이 내렸다.

"야! 오랜만이야!"

그 사람이 덥석 형을 끌어안았다. 잠깐 대화가 오가고 형과 친구가 차를 탔다.

"아버지! 안녕하세요!"

한 톤 높은 목소리에 부산스러운 동작. 집에 오는 내내 그 형은 소리 높여 떠들었다. 아버지, 죄송합니다, 너무 늦었습니다. 아, 제가 시리, 시욱이, 아니 신욱이 보러 서울까지 갔었는데요, 아, 벌써 집에 갔다는 거예요. 제가 전화를 했는데 전화는 또 꺼 놨더라고요. 제가 신욱이 집이 속초인 건 또 알고 있었거든요, 도저히 그냥 못 돌아가겠어서, 그냥 표를 딱 샀어요. 바로 출발하는 차가 딱 있어서, 그냥 탄 거죠. 아, 생각보다 오래 걸리더라고요…….

아버지 눈치를 보게 된다. 그런데, 아버지는 슬며시 웃고 있었다.

이름은 규호. 형과 동갑. 대구에서 서울까지 형을 보러 갔다가 또 여기까지 왔다니. 어지간히 친한 사이가 아닌 바에야 그럴까 싶지만 형은 어쩐지 데면데면했다.

그 형이 집에 들어오자 집까지 부산스러워졌다. 아버지는 바로 자러 들어가고 형은 이불을 꺼내느라 작은 방에 들어갔다.

"방이 좁은데. 괜찮지? 아님 마루에서 잘래?"

"야, 더 좁은 데서도 셋이 잤잖아. 충분해."

규호 형은 들고 온 검정 봉지를 내려놓고 뒤적였다. 소주 두 병에 콜라, 종이컵, 감자칩, 그리고 엉뚱하게도 곰돌이 모양 젤리가 나왔다.

"마셔도 되지? 여기는 숙소 아니니까? 아, 동생은 콜라 마시면 되지?"

"종이컵은 왜 샀냐."

"그러게. 집에 컵 있을 텐데, 왜 샀지. 이게 다 그 시절 걸린 병이다. 어이, 동생. 너네 형이 얼마나 까다로웠는지 아냐. 숙소에서 맥주라도 한 캔 하려고 하면, 와, 범생이도 저런 범생이가 없어요."

말투도 행동도, 형과 정말 다르다. 친구는 아니구나.

"오랜만이다, 너랑 술 마시는 거."

규호 형은 잔에 소주를 따랐다. 형은 묵묵히 잔을 받았다. 형이 술 마시는 건 처음 본다. 내 잔에는 콜라. 시계를 보니 한 시가 넘었다. 평소 같으면 진작 잠자리에 들었을 시간이다.

형이 물었다.

"요즘 뭐 해?"

"학원 다녀, 재수학원. 대학 가려고. 왜, 안 어울리냐?"

"아무 말 안 했는데."

형의 목소리 톤은 변함이 없는데, 규호 형이 갑자기 버럭 소리를 질렀다.

"아, 재수 없는 건 여전하네. 오, 동생, 미안, 미안."

괜히 나에게 고개를 꾸벅 숙인다. 종잡을 수 없는 사람이다. 그런데, 별로 밉지가 않다. 형도 피식 웃고 만다.

"내가 너네 형한테 당한 게 많아서 말이야. 아우, 지금 생각해도 막 끓어오른다. 안 그러냐, 시리? 아니다, 이제는 시리가 아니지. 이신욱!"

"김신욱이야."

"아."

"몇 년을 같이 살았는데 성도 모르냐?"

형은 허탈하게 웃는다. 두 사람이 친한 건지 안 친한 건지 모르겠다.

"야, 기억 나냐? 내가 환재 꼬셔서 너 한번 엿 먹이려다 실패했던 거? 환재가 자기는 그럴 생각 없었다고 막 울고 그랬잖아, 덩치는 산만 해 가지고."

규호 형은 연습생 시절 이야기를 늘어놓았다. 모르는 이름들이 계속 나온다. 형도 이야기하지 않았고 나도 듣고 싶어 하지 않던 이야기들.

나 요즘도 그 노래가 나오면 몸이 막 춤을 춰…….

그때는 뭘 그리 쫄아서 했는지 모르겠다……. 그거 좀 틀리는 게 뭐 대수라고.

완벽하게 한다 해서 결국 잘되는 것도 아니었잖아…….

그 자리를 떠난 사람의 말은, 그 자리에 가 보지 않은 아이들이 하는 말보다 어둡다.

"내가 너 질투했었던 거더라. 너만큼 못하니까, 찌질하게. 동생, 너네 형이 되게 잘났었거든?"

규호 형은 한 톤 높여서 형 이야기를 들려준다.

내가 짐작해 온 형과, 내가 모르는 형의 시간을 함께한 사람이 이야기하는 형은 다른 사람 같다. 자퇴생 형이 거기서는 모범생이었고, 동생을 두고 간 형이 거기서는 자기보다 어린 동생들을 잘 챙기는 인기 많은 형이었고. 노래도 잘하고 춤도 잘 추고 회사 사람들에게 신뢰도 받았던……. 그런데 왜 돌아온 거냐고.

규호 형의 갑작스런 등장으로 잊고 있었던 기분이 돌아왔다. 더러운 기분.

뭘 봤는지 규호 형이 우리 둘을 가리키며 말했다.

"야, 너네 진짜 똑같다. 형제는 형제구나. 피는 역시 술보다 진해."

"물보다겠지."

형이 대꾸하자 규호 형은 바닥까지 치면서 웃는다.

"아, 진짜 너 하나도 안 변했다. 야, 반갑네. 엊그제 그만둔 거 같은 기분이다."

"형은 왜 그만뒀어요?"

알고 싶었다. 어쩌면, 형이 왜 그만뒀는지 물을 수 없어서 규호 형에게 물어본 건지도 모르겠다. 규호 형이 냉큼 대답했다.

"어, 너네 형한테 두들겨 맞고 그만둔 거야."

형은 헛웃음을 지을 뿐 부인하지 않았다.

그 소문이 정말이었나. 형이 누군가를 때렸다니. 그래서 스스로 데뷔 기회까지 놓쳤다니 도무지 믿을 수가 없다. 다시 화가 치민다. 제대로 한 게 뭐야?

규호 형이 배를 문질렀다.

"술 마시니 배고프다. 나 저녁도 제대로 못 먹었는데……. 라면 있어?"

형은 별말 없이 부엌으로 나갔다. 아버지가 깰까 봐 밤에는 부엌을 쓰지 않았는데, 지금은 그런 걱정을 할 기분이 아니다. 아버지가 깰 정도로 시끄럽게 하라지. 정말 다 망쳐 버리라지.

나도 모르게 종이 잔을 구기고 있었나 보다. 규호 형이 새 잔에 콜라를 따라 내밀었다. 마시고 싶지 않았지만 받았다. 엇, 하더니 규호 형은 과장된 표정으로 문 쪽을 가리키고는 소주를 내 콜라 잔에 섞어 따랐다. 엉겁결에 한 모금 마셨다. 달콤한 콜라 맛 뒤에 묵직한 알콜 기운이 올라왔다. 소주는 처음 마셔 본다.

규호 형이 말했다.

"사실은, 내가 죽어 버릴까 했거든."

바로 이해되지 않았다. 되묻지도 못하고 가만히 있었다.

"그땐 좀 힘들어서…… 아, 그냥 있다간 죽겠더라고. 혹시, 들었는지 모르겠는데, 작년에, 너네 형 데뷔 잡혔단 얘기 들어 봤어? 나랑 같이 하는 걸로 소문났었는데."

고개를 끄덕였다.

"형이 얘기했어?"

"아니요, 학교에서."

규호 형은 웃었다.

"와, 진짜 소문 무섭다, 이 동네까지. 너네 형은 몰랐어, 그 일. 내가 거짓말한 거거든."

"네?"

"작정하고 거짓말 친 건 아닌데, 하도 애들이 물어보고 하니까, 스트레스도 받고…… 그냥 되는대로 얘기했는데 소문이 쫙 퍼졌더라고. 그때는 내가 좀 심각해서. 좀 맛이 가서, 우울증에다 가지가지로. 아, 지금은 괜찮아. 병원도 한참 다녔고……. 집에 가서 많이 좋아졌어."

너무 솔직해서, 너무 방어막 없이 얘길 해서 어떻게 들어야 할지를 모르겠다. 콜라 소주만 한 모금 더 마셨다. 이래서 사람들이 술을 마시나. 뭐라 반응할지 몰라서.

"그때, 회사에서 날 내보내려 했어. 집에 가서 치료받으라고. 애가 완전히 엉망이니까 말이야. 술 먹고 약 먹고 별 지랄을 다 했지. 근데, 그렇게 쫓겨난다고 하니까 미치겠더라. 집에다가도 다 얘기했거든, 금방 데뷔라고. 내가 지어낸 말이니까 데뷔 못 하는 게 당연한데, 안 되니까 막 죽겠는 거야. 그 날짜가 가까워 오는데."

규호 형은 손가락을 까딱까딱 움직인다.

다시 종이 잔을 입에 댔다. 안주도 먹어라, 하며 규호 형이 감자칩을 하나 집어 건넸다. 달고 쓰고 짜고, 입안이 엉망이다.

"모아 둔 약을 다 먹었고, 그러고도 멀쩡해서 손목을 그었지. 그냥 둬도 죽진 않았을 거야. 내가 겁이 또 엄청 많아서 세게 못 그었거든. 근데 문이 딱 열리더니 너네 형이 들어오는 거야."

갑자기 규호 형은 깔깔 웃었다.

"야, 솔직히 그런 상황이면 괜찮냐고 해야 하는 거 아니야? 다짜고짜 목을 잡고서 막 패는데…… 아, 나는 몸에 힘이 빠져서 막지도 못하고 그냥 다 맞았다는 거 아니야. 맞는데, 저 새끼가 무서운 게 말도 한 마디 안 해. 그냥 퍽 퍽 소리가 나고, 와, 내가 그때 약 때문에 몽롱한데, 피가 튀기는 게 보였다니까. 다 내 피였지."

내가 듣고 있는 게, 형이 관련된 이야기가 아니라 드라마나 뉴스에 나오는 이야기 같다. 규호 형은 말을 이었다.

그러고 병원에 실려 갔지.

얼굴 막 멍들고, 코피 나고 이빨이 나가서 피를 막 토하고. 근데 그 덕에 손목에서 피 나는 게 묻혔지. 시리가 그것까지 계산하고 날 팬 걸까? 그럴지도 몰라. 쟤가 머리가 좋잖아…….

그러고 병원에 누워 있는데, 약 기운이 가시니까 엄청 아픈 거야.

얼굴도 아프고, 아, 맞은 데가 다 아픈데, 눈물이 막 나고……. 그러고 나서 사장님이 들어오는데, 집에 가겠다는 소리가 나오더라.

규호 형 얼굴에서 웃음기가 사라졌다.

"시리가…… 내가 도망갈 길을 마련해 준 거지."

나도 모르게 팔을 감쌌다. 소름이 돋아 있다.

내 잔이 비었다. 규호 형은 이번엔 거의 소주로 잔을 채우고 콜라는 색깔이 날 정도만 섞었다. 잔을 단숨에 반 정도 비웠다. 훨씬 쓰고 독하고, 속이 맑아지는 기분이었다.

"시리가 나간다고 해서 처음엔 놀랐는데. 티비에서 보게 될 줄 알았으니까. 근데 걱정은 안 돼. 너네 형이 멘탈 하나는 건강하잖아."

규호 형이 다시 웃었다. 방 안을 채웠던 긴장감이 덜해졌다.

나는 형을 그렇게 객관적으로 바라본 적이 없다. 형이 어떤 사람인지 모른다. 형이 떠난 뒤로는 형에 대해 생각하지 않으려 했다. 뭘 하는지, 형이 되려는 건 뭔지, 형이 지키려 하는 건 뭔지.

알게 되면 이해하게 될까 봐. 원망하지 않게 되고 약해질까 봐.

"문 좀 열어라."

문밖에서 형이 말했다. 규호 형이 얼른 문을 열자 라면 냄비와 김치를 얹은 상을 들고 형이 들어왔다.

"와우! 냄새 끝내준다!"

규호 형이 호들갑을 떨었다. 맵고 고소하고 뜨거운 국물을 한 숟가락 떠먹자 붕 뜬 기분이 현실로 돌아왔다.

"맛있다."

나도 모르게 말했다. 형은 말없이 내 그릇에 라면을 더 덜었다.

규호 형은 라면을 먹으면서도 쉴 틈 없이 떠들었다. 방금 전 얘기가 꿈 같다.

"아, 그럼 겨울에 군대나 같이 갈래?"

"대학 간다며."

"솔까 자신 없거든. 그거 뭐냐, 동반 입대, 그거나 하자!"

"내가 왜 너랑?"

실없는 대화가 오갔고, 계속 먹고 마셨고, 그 뒤로는 몽롱하다. 야, 얘한테 술 먹였어? 형이 버럭 소리를 질렀던 것과 형의 부축을 받아 침대에 누우면서 양치질해야 하는데, 생각했던 것만 어렴풋이 기억난다.

다음 날에는 모두 늦잠을 잤다. 아버지는 뒷산에 간 모양으로 신문만 현관 안쪽에 놓여져 있었다.

머리가 아파서 소파에 멍하니 앉아 있는데 규호 형이 하품을 하며 티비를 틀었다. 연예 뉴스에 오늘 열릴 세타나인 콘서트 리허설 영상이 나왔다.

형이 가져다준, 내 이름까지 적힌 세타나인 사인 시디는 아직도 책장에 꽂혀 있다. 형은 친구들에게 자랑하라고 말했지만 나는 받자마자 책장 사이에 처박아 두고는 들어 보지도 않았다. 새삼, 동생 이름을 대고 사인을 받는 일이 형과 얼마나 어울리지 않았나 깨닫는다.

　"우와, 저거 은기 아냐?"

　규호 형이 텔레비전 가까이 다가가 앉았다.

　"애기 같더니만, 많이 컸네."

　형은 묵묵히 화면을 본다. 표정을 읽을 수가 없다.

　열한 시가 되어서야 아침 겸 점심을 먹었다. 언제나처럼 빵과 과일, 그리고 계란.

　"어디, 규호 군은 회 좋아하나?"

　아버지가 묻자 규호 형은 잽싸게 답했다.

　"예, 아버님. 없어서 못 먹습니다."

　"여기까지 왔는데 회 먹고 가야지."

　아버지가 우리에게 회를 사 주신다고? 아버지, 회 싫어하지 않던가.

　"영광입니다, 아버님!"

　규호 형이 꾸벅 고개를 숙였다.

그리 크지 않은 부두에 횟집이 죽 늘어서 있다. 아버지는 익숙하게 한 곳으로 들어섰다.

"어머, 과장님 오셨어요? 아드님이신가 보다."

"우와, 삼형제예요? 이야, 아주 다복하시네. 다들 잘도 생겼다!"

아줌마와 아저씨가 호들갑을 떨며 맞아들인다. 아버지가 미소를 띠고 있는 것이 낯설다. 집 밖의 아버지가 이런 단골집도 있고 사람들과 실없는 소리도 나눌 거라고는 한 번도 상상해 본 적이 없다.

"술 좀 하나?"

아버지가 규호 형에게 묻는다.

"아이고, 아버지……. 차 가지고 오셨잖아요."

"나는 안 마시지. 너희 말이다."

규호 형은 슬쩍 형 눈치를 살피더니 고개를 저었다.

"아닙니다. 사이다 마시겠습니다! 이모님! 여기 사이다 두 병이요!"

"싹싹하기도 하지."

아줌마는 싱글벙글 웃으며 사이다와 서비스 멍게를 가지고 왔다.

이상하다. 어색하지가 않다. 규호 형과 아줌마의 농담 따먹기까지도 웃길 뿐이다. 어젯밤에 들었던 심각한 이야기들이 진짜였나 싶을 정도로 지금은 평화롭다.

"많이 먹어라."

아버지는 형들 쪽으로 회 접시를 밀어 놓았다.

"동욱이도 많이 먹어."

형은 그 접시를 또 내 쪽으로 민다.

새삼스럽게 형의 얼굴을 보았다. 지쳐 있는 것이 역력한 마른 얼굴. 염색 때문에 결이 나빠진 머리카락. 천천히 젓가락질하는 긴 손가락.

"일단 군대부터 갈까 싶어요."

형의 말에 아버지는 고개를 끄덕였다.

"그래. 천천히 생각해도 늦지 않다."

이런 뻔한, 평소 같으면 이도저도 아니라고 생각했을, 늘 한발 물러서 있는 듯한 아버지의 말조차 진심으로 느껴진다.

매운탕까지 배부르게 먹고 다시 차를 타고 바닷가 등대 전망대에 왔다. 날은 뜨겁고 구름 한 점 없다.

"와, 예쁘다!"

규호 형은 사방을 뛰어다니며 감탄이다. 여기서 보니 이 도시가 새삼 아주 작아 보였다. 전망대 난간을 따라 천천히 돌면, 반대쪽은 바다.

바다 옆에 살면서도 바다를 별로 좋아하지 않았다. 너무 가까워서. 너무 위험해 보여서. 오늘 바다는 예뻤다. 하늘빛보다 더 진하고 손에 묻어날 것 같은 파랑. 가볍게 일렁이며 빛을 반사한다.

형은 아무 말 없이 바다를 보고 있다. 형에게, 뭔가 말하고 싶은 기분이 든다.

"사진 찍자, 사진!"

규호 형은 됐다는 형과 아버지까지 끌어당겨 셀카를 찍었다. 남자 넷이서 이게 무슨 짓인가 싶으면서도 그냥 찍었다. 사진을 찍어 본 게 언제였는지 까마득하다. 이렇게 별거 아닌 거였으면 진작 해 볼걸. 사진도 찍고, 아버지를 졸라 회도 먹으러 가고…… 한밤중에 부엌도 써 보고. 일부러 하지 않았던 일이 왜 이리도 많았을까.

"김동욱?"

반사적으로 돌아봤다. 한주하였다.

"와, 여긴 웬일이야? 나는 사촌 동생이 놀러 와서."

밝은 목소리. 순간 머리가 띵하다. 한주하의 눈이 내 등 뒤를 향한다.

"어머! 너희 형 아냐? 맞지? 안녕하세요? 쉬러 오셨나 봐요."

형을 향한 선망의 얼굴. 갑자기, 이 뜨거운 햇볕 아래에서, 형이 온다고 했을 때 두려워했던 순간이 왔다.

지유에게 알려지겠구나. 그 생각을 먼저 했다. 내게서 형의 빛을 벗겨 내면 뭐가 남을까. 그런데, 그게 이제는 그다지 두렵지 않게 느껴진다.

"아……."

형은 곤란한 표정으로 나를 돌아본다. 내가 먼저 한주하를 향해 말했다.

"우리 형, 거기 그만뒀어."

"어?"

한주하의 놀란 목소리가 어쩐지 통쾌하다. 내키는 김에 형에게 말한다.

"오디션 준비하고 있대. 형이 노래 들어 봐 줬으면 하더라고."

"우와—"

규호 형이 호들갑스럽게 한주하에게 말을 건다.

"어디 오디션이요? 어느 회사? 방송국? 내가 들어 봐 줄까? 솔로? 노래만? 춤도? 춤 좀 추게 생겼는데."

"어…… 아니요."

한주하는 반쯤 웃는 얼굴로 쩔쩔맨다. 규호 형의 페이스에 말리면 다 그럴 거다. 규호 형은 높은 목소리로 떠들어 대고, 무슨 일인지도 모르고 사람들이 하나 둘 멈춰서 구경한다.

"나도 그 회사 있었어, 거기 들어가느라고 엄청 힘들었다고. 지금이야 그쪽 길 떠났지만, 서당개도 삼 년이면 뭐 한다 그러잖아.

나한테 물어봐!"

나와 형은 조용히 뒤로 물러났다. 형이 물었다.

"소문 다 나겠네. 괜찮겠어?"

"사실인데 뭘."

걱정이 조금도 되지 않는다면 거짓말이다. 그렇지만, 형과 나를 꼭 분리해 놓아야 되는 것은 아니라는 생각이 든다. 그런 사람 나와는 상관없어, 냉정하게 말하는 것 말고도 다른 방법이 있을 것이다. 형을 부끄러워하지 않고도, 억지로 정당화하지 않고도 되는 방법.

형이 나를 걱정하고 있었구나, 하는 생각은 한 박자 늦게 들었다.

처음엔 허황된 꿈을 꾸는 형이 한심하다고 생각했다. 학교에서, 학원에서 아이들의 동경 어린 시선을 보았을 때 그 아이들이 모두 우스웠다. 그러면서도 형이 성공하길 바랐다, 부끄럽고 싶지 않아서. 꼬인 것은 내 마음이다. 형은 그냥 자기 길을 가고 있었던 건데.

집으로 돌아온 것까지도 형의 길이었다는 생각이 불현듯 든다. 지금 이 순간에도 형은 자기 길을 걷고 있는지도 모른다.

규호 형이 종종걸음으로 다가왔다.

"아, 나 이제 가야겠는데. 터미널까지 데려다주실 수 있을까? 아버지 안 바쁘시나?"

"뭐? 며칠 더 있을 줄 알았는데."

"하룻밤만 재워 달라고 했잖아. 더 있음 지겨워. 이 정도로 만나야 딱 좋아. 어제 미리 표도 사 놨다고. 여섯 시 차."

규호 형은 따로 챙길 짐도 없다며 두 손을 들어 보였다. 그러고 보니 가방도 들지 않고 이 먼 곳까지 왔다.

아버지의 만류도 규호 형을 잡진 못했다.

"더 있다 가지 그러니."

"아닙니다, 아버지. 가서 하루 쉬고 월요일부터 다시 수험생 모드 되어야 합니다. 폐 많이 끼치고 갑니다."

규호 형이 깍듯이 허리를 굽혔다.

섭섭하다. 어제의 불청객이 하루 만에 이토록 떠나보내기 싫은 손님이 되다니. 규호 형이 어질러 놓았기 때문에 숨 쉴 만해졌다. 규호 형이 아니었다면 나는 지금까지 형과는 한 마디도 하지 않았을 것이다.

아버지는 우리를 터미널까지 데려다주고 먼저 떠났다. 너희끼리 할 이야기가 있지 않겠니, 아버지가 말했다.

시간이 좀 남아서 편의점에 들어갔다. 차가운 캔커피를 하나씩 사서 마시는데 규호 형이 말했다.

"지금쯤이면 체조경기장에 사람들 모여 있겠네. 콘서트 시작하기 전에, 그 흥분되는 거 있잖아. 해가 기울고, 뭔가 시작될 걸 알고…… 난 그때가 좋더라. 그거 하난 좋았어, 콘서트 공짜로 볼 수 있는 거."

"나도."

형이 중얼거린다. 그리워하는 것처럼.

나는 콘서트 같은 데는 한 번도 가 본 적 없다. 형들이 느꼈을 것을 막연하게 짐작한다. 관객이 아니라, 언젠가 그 무대에 서는 꿈을 꾸는 사람의 시선은 달랐겠지. 지금은 둘 다 그 길을 떠나 이 작은 편의점에 서 있구나.

"콘서트는 보고 내려오지 그랬냐."

"그러려고 했는데, 갈 거면 빨리 가라더라고."

약간은 쓸쓸해 보이는 형의 얼굴.

"야, 우리 데뷔했어도 잘되지 않았겠냐?"

규호 형은 형의 어깨에 턱을 괴었다. 형은 눈살을 찌푸렸지만 쳐 내지는 않았다. 그 자세 그대로, 규호 형이 말했다.

"네 책임 아니야, 그건 알지?"

형은 가만히 편의점 창문에 붙은 광고를 보고만 있다.

"넌 나보다 훨 똑똑하니까 잘 알겠지만…… 그거 말해 주고 싶었다. 넌 잘못한 거 없다고. 나는, 깨닫는 데 오래 걸렸거든."

"……그래."

형이 대답했다.

규호 형이 버스 창문 너머로 손을 흔들었다. 형과 나는 터미널에 잠시 서 있었다. 괜히 허전했다.

"좀 걸을까?"

형이 물었다.

버스 정류장을 지나쳐 걸었다. 하늘은 아직 밝지만 느낌은 저녁이 되어 간다. 서쪽 하늘에서 옅은 구름이 피어오르고 있다. 더운 공기가 아늑하다.

드디어, 결국, 마침내 우리 둘만 이야기하는 시간이 왔다.

"왜 그만뒀어?"

충분히 물어볼 수 있는 말. 그러나 규호 형이 오지 않았다면, 이 모든 일이 생기지 않았다면 묻지 않았을 것이다. 형의 속마음 따윈 알려고 하지 않고 내 마음대로 짐작하고 화를 내고 원망했을 것이다.

"더는 못하겠어서."

형은 쉽게 대답한다. 잠시 침묵. 말을 고르고 있다는 걸 안다.

"데뷔하고 나서 생길 일들을 상상하는데……. 늘 상상했지. 그게 원동력이니까. 처음엔 마냥 좋을 것만 같았어. 근데 아는 게 많아지니까…… 점점 안 좋은 상상이 많아지더라."

너희 형 언제 데뷔하냐는 질문만 받아 봐서 형의 여정의 끝은 데뷔라고 생각하고 있었다. 내 계획표의 끝, 대학 입학 뒤로 뭐가 있을지 생각해 보지 않은 것처럼. 그 뒤에는 진짜 인생이 시작되는 게 아니었나.

"나는…… 진짜 열심히 했거든. 하나하나 쌓아 올렸어. 근데 그렇다고 해서 잘되는 게 아니야. 내가 여유가 없으니까 자연스럽지가 않아. 그런데, 그런 자연스러움은 어디서 배울 수도 없지."

형과 내가 비슷하다는 규호 형의 말이 생각난다. 전혀 다른 길을 걷고 있다고 생각했는데, 생각만은 참 비슷하다. 뭐든 열심히, 계획대로 하면 될 거라고 믿는 거.

형은 손으로 얼굴을 문지른다.

"한 번도 쉬지 않았는데. 이거밖에 없다고 생각했는데."

형이…… 스물한 살. 지금 내게는 어른처럼 느껴지는 나이. 형이 집을 떠난 것이 열일곱 살, 딱 내 나이였구나. 지금부터 4년 동안 뭔가를 열심히, 모든 것을 다 걸고 한 다음에 그게 아니라고 깨닫게 되는 건 어떤 기분일까.

무섭겠지. 막막하겠지. 하지만 지금 형은 편안한 얼굴을 하고 있다. 그 편안함이 낯설고, 이상하게도 믿음직스럽다.

"아, 이거 너무 부끄러운데? 동욱이 많이 컸다."

형은 새삼스러운 얼굴을 하고 나를 본다.

"너랑 이런 얘기 할 수 있을 거라고는 진짜 생각 못했는데."

133

형의 시선으로 우리 가족을, 지난 시간들을 본다. 어린 동생과 무슨 생각 하는지 알 수 없는 아버지. 형이 느꼈을 책임감과 형이 뒤돌아보지 않고 달려야 했던 이유들까지도, 지금은 볼 수 있다.

정거장을 또 지나쳤다. 이러다간 집까지 걸어가겠다.

"내가 좋아하는 여자애가 있는데……."

내가 왜 이 이야기를 시작했지? 좋아하는 여자애라니. 너무 낯간지럽게 들린다. 형이 호기심 어린 눈으로 나를 보았다. 집에 내려온 뒤로 가장 그늘 없는 얼굴이다.

"노래…… 만들고, 기타 치고 그런 애야."

"혹시 아까 그 애?"

"아니, 아니! 아까 걔랑 같이 뭐 한다고는 하는데, 달라. 다른 애야."

"그래, 알았어."

얼굴을 보지 않아도 형이 웃는 게 느껴진다.

"걔가 만든 노래 들어 봤는데, 괜찮더라고."

내가 진짜 왜 이 이야기를 하고 있지? 스스로도 웃길 지경이다. 누구에게도 말할 거라 생각 안 해 봤는데.

"좋아한다고 말은 했어?"

"아니. 안 할 거야."

"왜?"

좋아하는 건 좋아하는 걸로 충분한 거니까…… 뭘 더 한다고 해서 달라질 건 없을 거니까. 사과는 해야 한다. 한주하에게 우산도 돌려주어야 하고. 한주하가 아무 말 없으면 모른 척하겠지만 혹시 내게 고백을 한다면 거절도 해야 한다. 못되게 말하진 말아야지. 고맙다고, 하지만 내 마음이 움직이지 않는다고 말해야지…….

"별 얘기를 다 하네."

"앞으로 많이 하자, 얘기."

대답하지 않았다. 군대 갈 거라며, 나 바빠, 생각만 하고.

집에 가면 계획표대로 책상 앞에 앉을 것이다. 밀린 것들을 처리하려면 게으름 피울 시간이 없다. 하지만 조금은 느슨해져도 괜찮을 거라는 생각이 든다. 형과 이야기할 시간은 낼 수 있을 거다. 할 이야기가 의외로 많을지도 모른다. 지금에 대해서, 지나간 것들에 대해서, 그리고 아직 손에 잡히지 않는 것들에 대해서.

괜히 기지개를 켠다. 형이 장난스레 내 팔을 잡아당기고, 나는 일부러 세차게 뿌리친다. 조금 웃고, 짜증도 내고, 싱거운 농담을 하면서 우리는, 집으로 간다.

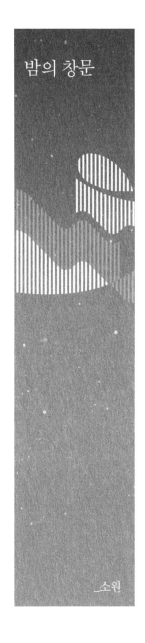

밤의 창문

_소원

모니터 화면에는 오늘 있었던 세타나인의 일본 공연 리허설 사진이 떠 있다. 일본까지 따라간 팬들이 찍어서 올린 사진이다. 평범한 검은색 반팔 티셔츠와 청바지를 입은 맨얼굴의 서하 오빠와 제드 오빠가 어딘가를 올려다보고 있다. 세팅되지 않은 머리카락이 바람에 날리고, 눈이 부신지 살짝 찌푸린 말간 얼굴과 아득한 눈빛에 다시 한 번 가슴이 찌르듯 아파 온다.

그리워. 보고 있어도 보고 싶어. 이 사진을 찍은 사람은 얼마나 가까이 있었던 걸까.

사진 밑에는 쓰다 만 글이 초라하게 움츠리고 있다.

그 어떤 사랑도 일방적이지 않다.

받는 게 있으니까, 주고 싶다고 느끼는 것이다.

사진을 찾았을 때까지만 해도 기분이 좋았는데 지금은 먹먹하다. 이어폰으로 흘러나오는 세타나인의 노래는 더없이 경쾌한데 그조차 서글프게 들린다.

오늘쯤엔 새 글을 올려야 할 텐데. 요즘 왜 글을 안 쓰느냐는 안부글이 일주일 새 세 개나 달렸다. 시험 기간이었다고 답하면 간단하겠지만 블로그엔 이름이나 나이, 학교, 사는 동네같이 사적인 얘기는 안 쓰는 게 내 원칙이다. 오직 세타나인에 대한 마음과 생각만 쓴다.

처음엔 쓸 거리가 넘쳤다. 노래 한 구절이 너무 좋아서 그게 왜 좋은지에 대해 길게 쓰고, 예능의 한 장면이 너무 재미있어서 몇십 장씩 캡처를 해서 올리고, 새로운 앨범 티져와 뮤직비디오가 나오면 온갖 지식을 동원해서 해석 글도 썼다. 그 어떤 수행평가보다 열심히, 정성을 들였다.

그런데 요즘은 모르겠다. 계속 쓰다 말다, 미완성의 비공개 글만 늘어 간다.

새 글이 없으니 방문자 수가 확 줄었다. 이러다 잊히는 건 아닐까 싶어 괜히 'wishtree', 또 한글로 '위시트리'로 검색을 해 봤다. wishtree는 블로그 이름, 위시트리는 닉네임. '위시트리 님 글 잘 쓰시죠', '추천 블로그. 세타나인에 대한 애정 담뿍', '진지한 글이라서 좋다'…… 예전에 봤던 건데 또 본다.

장소원으로 검색해 보면 동명이인만 나오고 나는 없다. 그게 좋다, 위시트리가 검색되는 게 좋은 것과는 정반대로. 장소원은 엄마 아빠가 지은 이름, 진짜 나와는 미묘하게 다르다. 위시트리는 내가 지은 이름. 위시트리의 공간에서 나는 진짜 나일 수 있다.

장소원은, 현실의 나는 블로그와 세타나인에 대해서 완벽하게 숨기고 있다. 학교는 물론이고 집에서도 절대 티 내지 않는다. 시디와 세타나인 화보가 실린 잡지들은 책상 밑 상자 속에 숨겨 놓았고, 엄마 아빠가 잠든 늦은 밤에야 비로소 영상과 사진을 찾아보고 음악을 들으며 블로그에 글을 쓴다. 낮에도 물론, 지루한 수업시간이나 복도를 걸어갈 때나 밥을 먹을 때 문득문득 세타나인을 떠올리곤 하지만 어디까지나 내 마음속에서 일어나는 일.

그런데 진짜란, 현실이란 뭘까. 무심결에 손을 들어 자판을 두드렸다.

자고, 먹고, 걷고, 사람들을 만나고. 이런 것이 현실이고
여기서 이렇게 일방통행일 뿐인 글을 쓰는 것은 비현실일까.

140

진짜 나는 현실에 있고, 글을 쓰는 나는 상상 속의 나일까.

나는 세타나인과 이야기해 볼 수도 없고, 마주 앉을 수도 없다.

심지어 눈조차 마주치지 못한 채 평생이 갈지도 모른다.

그런데도 왜 내게는, 이쪽이 더 현실 같을까.

사람들이 말하는 '현실'은 내게는 연극 무대 같을 뿐이다.

결국 나는 연극 무대에서 연기하는 것처럼 살고 있는 건가…….
안되겠다, 이 글도 비공개.

이어폰을 빼고, 비밀 폴더 속 제드 오빠와 서하 오빠에게 작별
인사를 한다. 오늘의 굿나잇 사진은 이번 〈Lover〉 앨범 콘셉트에
맞춰 분홍 줄무늬 셔츠에 흰 재킷을 걸치고 장난스럽게 미소 짓고
있는 두 사람. 조금 기분이 나아졌다. 삼 년 동안 변함없던, 저 한
없이 다정하고 든든한 웃음 덕분이다.

안녕, 잘 자요. 내일은 오늘보다 괜찮은 하루가 될 거예요. 이
인사는 실은 세타나인 노래의 한 구절. 안녕, 내 마음이 어디에 있
든 언제나 향하는 곳. 내 가장 큰 비밀.

"세타나인 좋아해?"

쉬는 시간에 희나가 말을 걸었다. 연습장과 필통을 바닥에 떨어
뜨렸다. 와장창, 요란한 소리에 반 아이들이 돌아보았다. 얼굴이

붉어지고, 뜨거워지고, 손이 떨리고, 갑자기 벌거벗겨진 기분인데, 어떻게 반응해야 하는지—

희나는 책상 위에 엎드린 채로 나른하게 말했다.

"오빠들 오늘 입국하는데. 공항 같이 갈래?"

"무슨 소리야."

연습장을 펴는데 손이 떨렸다.

"싫음 말고."

희나는 고개를 돌렸다.

수업이 시작됐지만 귀에 하나도 들어오지 않았다. 어떻게 내가 세타나인 팬인 걸 알았지? 뭘 보고? 무의식중에 손톱을 물어뜯고 있다가 피 맛을 보고서야 멈췄다.

나도 희나가 세타나인 팬인 줄 전혀 몰랐다. 짝이 된 지 두 달이 넘었지만 어떤 애인지 모르겠다. 그냥, 나랑은 다른 종류의 아이. 야자와 보충은 밥 먹듯이 빠지고 심지어 아예 학교에 안 오는 날도 있다. 반에 친구도 없고 쉬는 시간에는 늘 엎드려 있는 애였다. 당연히 말해 본 적도 거의 없었다.

희나는 종례도 하지 않고 교실을 빠져나갔다. 정말로 세타나인을 보러 공항에 가는 걸까.

학원에서도 내내 신경이 쓰였다. 소원이 어디 아프니? 선생님이 물어볼 정도로 집중을 못했다. 들켜 버린 거였는데, 당황스럽긴 했는데, 기분이 나쁜 건 아니고 뭔가 알 수 없는 기분이었다.

밤에 노트북을 켜고 바로 공항 사진부터 찾았다. 팬들이 준 선물 봉투와 편지들을 양손 가득 든 채 미소 짓는 제드 오빠, 선글라스를 쓰고 무표정하게 앞만 보고 나아가는 서하 오빠.

제드 오빠와 서하 오빠 뒤로, 배경이 된 사람들이 새삼 보였다. 형광색의 플래카드와 커다란 카메라들, 손에 든 편지와 선물 봉투들. 그 어딘가에 있었을 정희나.

"정희나 또 안 왔어?"

선생님은 한마디 묻고 끝이었다.

희나의 빈 책상 구석 낙서가 눈에 띄었다. 작은 새들. 만날 엎드려 끼적대던 게 저건가.

"소원아, 나 여기 자리 좀 쓸게."

주형이가 희나의 새 위에 문제집을 한 아름 올려놓았다. 그러더니 우리 착한 소원이, 하고 아이 다루듯 내 머리를 쓰다듬고 갔다. 내가 뭐가 착한데? 나쁜 의도가 아니란 건 안다. 그냥, 알맹이가 없는 말과 행동일 뿐. 어차피 아이들은 날 모른다. 그리고 나는 아이들이 날 모르는 게 좋다.

중학교 때 졸업 기념으로 롤링페이퍼를 한 적이 있다. 선생님은 좋은 추억이 될 거라고 생각했겠지만 사실 아니었다. 이제 곧 졸업이고 앞으로 서로를 볼 일도 없으니 모두들 너무나 솔직하게 되는대로 막 썼던 것이다. 방긋방긋 예쁜 말들로 채워진 종이도 있었지만, '할 말 없어', '너 누구야?' 하고 찌르는 말들만 박힌 종이도 있었다.

내 종이의 대부분은 착한 소원이, 우리 반 천사표. 다른 건 딱 하나였다. '무슨 생각 하는지 모르겠다.' 그게 제일 마음에 들었다.

당연히 모르겠지. 진짜 나는 숨겨져 있다. 그런데 희나는 어떻게 내가 그토록 꽁꽁 숨겨 놓은 것을 발견한 것일까.

끝내 희나는 학교에 오지 않았지만 저녁에 문자가 왔다. 이름도 저장되어 있지 않았지만 한눈에 알아봤다.

— 일요일에 마포 갈래? 기획사 가 봤어?

황당했다. 하지만…… 가 보고 싶었다.

일요일에는 교회 갔다 와서 하루 종일 집에 있는다. 엄마 아빠는 교회에 있다 밤에나 돌아오니까, 평소 못 하던 걸 다 할 수 있다. 라면을 끓여 먹고, 흔적 없이 설거지를 해 놓고, 노트북을 거실에 가지고 나와 켜 놓고 텔레비전을 본다. 지상파 가요 프로그램 하는 시간까지 케이블 음악 방송 채널 몇 개를 번갈아 돌리며 세타나인을 찾는다. 아빠가 있을 때는 텔레비전을 켜지도 못한다. 엄마가 은근슬쩍 드라마를 보기도 하지만 아빠는 꼭 싫은 소리를 한다. 너무 웃기거나 너무 눈물 나거나 너무 큰 소리 나는 건 다 싫다면서.

세타나인을 처음 본 것도 일요일 오후였다. 삼 년 전, 중1 때. 텔레비전에서 우연히 데뷔곡 〈Imitation〉의 뮤직비디오를 봤다. 눈을 뗄 수 없고, 가슴이 미친 듯이 뛰었다. 뮤직비디오가 끝나자마자 또 보고 싶어서, 어둑해질 때까지 거실 불도 켜지 않고 텔레비전 채널만 돌리고 또 돌렸다. 그땐 내 컴퓨터도, 스마트폰도 없었고 원래 음악을 안 들었기 때문에 뭘 다 몰랐다. 가수의 음반을 산 것도, 화보와 인터뷰가 실린 잡지를 산 것도 다 처음이었다.

주변에 세타나인을 좋아한다는 애들이 점점 늘어났지만 나는 누구에게도 내가 세타나인을 좋아한다고 말하지 않았다. 아마도 부끄러워서. 그런 감정을 표현해 본 적이 없어서.

작년 설에 고모가 쓰던 노트북을 물려받으면서 많은 게 달라졌다. 미성년자가 가입할 수 있는 팬페이지에는 거의 다 가입했고, 그때껏 보지 못했던 음악 방송과 예능도 다 찾아서 봤다. 그러다 세타나인 팬들이 쓰는 블로그를 읽게 되었다. 때론 웃기게, 때로는 눈물 나게 세타나인에 대해, 좋아하는 마음에 대해 쓰고 있는 블로그들을 보면서 드디어 내 마음을 풀어낼 장소를 찾았다는 걸 알았다.

처음 몇 달은 학교에서도 블로그 생각만 했다. 빨리 집에 돌아가서 내 방문을 닫고, 위시트리가 되고 싶었다. 사소한 모든 정보를 끌어모았다. 알면 알수록 더 알고 싶었다.

위시트리는 세타나인에 대해서라면 모르는 게 없고, 입은 옷만 보고서도 언제 무슨 노래로 활동했을 때인지를 안다. 팬사인회 날짜와 해외 일정도 쫙 꿰고 있다. 그러면서도 직접 가서 볼 생각은 여태 한 번도 못해 봤다. 내 방에 앉아 1년 반 동안 쓴 삼백서른두 개의 글. 그걸로도 충분했다.

그런데 기획사라니, 희나가 문을 열고 뭐 해, 나와! 하고 나를 불러낸 것 같았다.

탈출하는 기분으로 집을 나왔다. 지하철 겨우 네 정거장, 역 바깥에 희나가 있었다. 더워 보이는 검은색 긴팔 맨투맨에 한 뼘이나 될까 말까 한 짧은 반바지, 금색 로고가 박힌 까만 스냅백. 줄여 입은 교복보다는 이런 복장이 자연스러웠다.

"가자."

별말도 안 하고 앞장서 걸어가는 걸 한 걸음 뒤에서 쫓아갔다.

창백한 콘크리트 건물 앞에는 사람들이 꽤 많았다. 예쁘게 꾸민 언니들, 내 또래의 아이들에 외국인들까지. 좀히 왔어? 여자애 몇이 희나에게 아는 척했다. 담쟁이가 없는 쪽을 골라 벽 그늘에 나란히 앉자 희나가 차가운 캔커피를 건넸다. 괜찮은데…… 중얼거리며 받았다. 내가 사 올걸, 신세 지고 있다는 생각에 마음이 불편했다.

"오늘 스케줄이, 오전에 라디오 하고 오후에 제드 오빠는 드라마 가고 서하 오빠는 비는데, 사무실 들를 것 같아서. 근데 안 올수도 있으니까 너무 기대하진 말고."

희나가 말했다.

어떻게 그런 걸 다 아는 걸까, 왜 나에게 그런 걸 알려 주고 여기까지 데려온 걸까……. 고개만 끄덕였다.

하늘은 무너져 내릴 듯이 파랗고 구름은 시간만큼 느리게 흘러갔다.

순도 100%의 기다림. 올지 안 올지도 알 수가 없다. 선선한 그늘과 뜨거운 햇살 사이 어딘가에 있는 것은 막연한 희망. 이렇게 아무것도 모르고 기다리는 게 내 마음을 증명하는 방법일 수도 있을까. 아무것도 약속받지 않고도 기대하는 것. 그러다 아무 일도 일어나지 않는다 하더라도 실망하지 않는 것. 이렇게 보낸 시간 자체가 세타나인에게 주는 내 선물이고, 희생 제물인 것처럼.

이상한 기분이었다. 그러니까…… 나는 지금 장소원인 건가, 위시트리인 건가? 기획사 앞 골목 맨바닥에 앉아서 세타나인을 기다리는 건 위시트리에게 어울리는 일인데. 위시트리가 현실로 나온 걸까, 장소원이 위시트리의 세계로 들어간 걸까.

내 옆에 앉은 아이들은 지루함을 수다로 달랬다.

"그 예능, 일반인 여자들하고 하는 거래. 대학 배경으로 조모임 하고 엠티 가고, 회사 배경으로 사내 연애 하고……."

"미쳤다! 오빠들이 그걸 한다고?"

"아, 나는 차라리 일반인이 나아. 엣스타만 아니면 돼."

"걔네가 유니온 코디 뺏어 갔대. 완전 나쁜 년들 아니야?"

요즘 자꾸 세타나인하고 같이 언급이 돼서 팬들 심기를 거슬리게 하는 걸그룹 험담. 이번 달 잡지 화보. 누가 직접 만들었다며 꺼낸, 제드 오빠와 서하 오빠의 캐릭터가 들어간 스티커와 부채. 나로서는 처음 경험하는, 세타나인을 좋아하는 한 무리의 사람들 사이에 있는 것.

"근데 유진이는 왜 안 왔대? 공항도 안 나왔던데."

"이번 기말 망쳤다고, 걔네는 벌써 성적표 나왔대, 그래서."

"아, 혼나서?"

"아니, 지가 뭐 반성을 한다나. 제드 오빠한테 시험 잘 볼 거라고 약속했다는데, 그거 못 지켜서 미안하다고 못 온대."

일제히 실소가 터졌다.

"미친년. 뭐가 그리 진지해."

"야, 지가 잘 봤는지 못 봤는지 오빠들이 어떻게 안다고. 오빠가 공부 잘하는 애 좋아한다고 했다고 열심히 공부할 거라고 하는 것도 좀 웃기지 않냐?"

"뭐가 웃겨, 좋잖아. 공부 열심히 하면."

희나가 무심하게 말했다. 그러자 그 얘기는 거기서 끝났다. 희나는 대화에 별로 끼지 않지만 어쩐지 아이들은 모두 희나를 중심으로 말하는 것 같았다.

그러고 나서 한 시간 정도 지났나, 골목 끝에 있던 애들이 술렁이기 시작했다.

"왔다, 왔어!"

검은색 밴 한 대가 천천히 골목 안으로 들어왔다.

사람들이 와르르 몰렸다. 그중에서 몇몇이 차에 들러붙자 뒤에서 야, 떨어져! 누가 소릴 질렀다. 마침내 밴이 건물 앞에 도착했을 때는 사람들에 포위되듯 둘러싸인 채였다. 조수석에서 아저씨가 나와서 애들에게 달래듯 말했다.

"애들아, 밀지 마라, 어? 뒤로 세 발짝! 옳지, 잘한다. 앞으로 나오면 안 돼. 니들 이러면 우리 그냥 간다?"

마침내 아저씨가 차 문을 열자 온통 검은색으로 입은 한 사람이 차에서 내렸다. 애들이 꺅 소리를 질렀다. 선글라스에 모자까지 눌러썼지만, 한눈에 알아봤다. 서하 오빠.

너무 놀라서 그냥 서 있기만 했다. 숨이 막혔다.

파바박 사진 찍는 소리와 오빠오빠 외치는 애들 소리가 멀어졌다. 선물이며 편지를 내미는 아이들의 모습도 흐려지고 오직 살아 움직이는 서하 오빠 한 명만이 시야를 꽉 채웠다. 슬쩍 웃고, 고개를 끄덕이고, 그러나 옆을 보지는 않고 성큼성큼 건물 안으로 들어가는.

아주 잠깐이었지만 그 모습을 내 안에 고스란히 담기에는 충분한 시간이었다.

정신을 차렸을 때는 몰렸던 아이들은 흩어져 있고 희나만 내 앞에 서 있었다. 희나는 아무렇지도 않게 물었다.

"밥 먹고 갈래? 거기 돈가스 집 어때?"

세타나인이 연습생 시절부터 자주 갔던 집이라고 방송에도 나왔던 가게. 벽에는 세타나인 사인을 중심으로 사진과 포스터가 빽빽하게 붙어 있고, 팬으로 보이는 일본 여자 두 명이 알 수 없는 언어로 대화하면서 가게 안을 카메라로 찍고 있었다.

명한 채로 음식이 앞에 차려지는 걸 봤다. 아직도 심장이 막 뛰고 있었다. 봤다, 봤어, 진짜 서하 오빠였어……. 티를 내지 않으려 천천히 숨을 들이마시고 내쉬었다. 속으로는 미친 듯 소리를 지르고 있었으면서.

무슨 맛인지도 모르고 돈가스를 씹었다. 서로 얘기도 안 하고 다 먹고, 희나는 바로 일어나서 갈 것처럼 지갑을 집어 들었다. 망설이다가 막판에 겨우 물었다.

"근데 어떻게 알았어? 내가 세타나인……."

좋아하는 거, 팬인 거. 말끝을 흐렸다. 글로는 그렇게 쓰고 또 썼으면서도 말로 하는 건 너무 낯설었다.

"아…… 보려고 한 건 아닌데. 너 다이어리 넘기는데, 그 가사가 보여서. 밤의 창문."

밤의 창문이란 소리에 가슴이 쿵, 내려앉았다.

"팬이라는 애들 중에도 모르는 애 많을 텐데. 진짜 좋아하는구나 싶어서."

내겐 너무나 특별한 노래, 〈밤의 창문〉. 앨범에 있는 노래도 아니다. 서하 오빠가 열일곱 살 때 만들었다는 노래를 신인 시절 리얼리티 프로그램에서 피아노를 치면서 불렀었다. 방송에 나온 건 그때 딱 한 번뿐이었다. 자막도 없어서 몇 번이고 돌려 들으면서 가사를 받아 적었다.

이런 밤이면 난 창문을 열어

낮보다 눈부신 어둠을 봐요

지상의 빛들은 별보다 아름답죠

당신이 그 어딘가 있을 것을 믿어요

어딘가에 있을. 그 말이 좋았다. 있는지 없는지 확신할 수 없지만 있을 거라고 믿는 마음.

그 노래를 알게 된 지 얼마 지나지 않아서였다. 엄마 아빠는 이미 자러 들어갔고 거실에서 몰래 소리를 줄이고 텔레비전을 보고 있는데 불이 팍 나갔다. 내 방으로 가 아무 생각 없이 창밖을 내다보았는데—

늘 보던 밤의 풍경이 뒤집혀 있었다. 낮은 붉은 벽돌 빌라와 높은 아파트의 창문은 모두 컴컴했고 하늘은 믿을 수 없을 만큼 희고 밝았다. 밤의 어둠이 집 안으로 스며들어가기라도 한 듯이 세상이 빛나고 있었다.

인공의 빛이 사라지자 밤 자체가 빛을 내는 것처럼 느껴졌다. 밤과 별빛은 나눌 수가 없다는 걸 그때 알았다. 그 순간 그 노래가, 마치 누가 틀어 놓은 것처럼 머릿속에서 울리기 시작했다. 낮보다 눈부신 어둠을 봐요…….

사실 그 노래는 전등과 가로등 불빛으로 빛나는 밤에 대한 것이지만 그날부터 내게 세타나인은 그때 본 밤하늘의 이미지가 되었다. 내 방에 앉아 밤을 향해 창문을 열면 빛나는 어둠이 내게로 밀려든다. 밝고 따스한 어둠, 그런 부드러움은 낮에는 찾을 수 없는 것.

희나를 믿을 수 있겠다는 생각이 들었다. 스케줄을 꿰고 있고 많은 사람들을 알고 있어서가 아니라…… 이 노래를 알아봐서.

152

희나가 말했다.

"그전엔 몰랐어, 너 진짜 티를 안 내서."

"나도, 너 팬인 줄 몰랐는데."

대꾸하자 희나는 픽 웃더니 물었다.

"이번에 콘서트 가?"

8월에 세타나인 단독 콘서트가 있지만, 애초에 나와는 상관없는 일이라 생각했다. 희나는 내가 대답 안 하는 게 표가 없어서인 줄 안 모양이었다.

"표 못 구했구나? 내가 양도표 구해 볼까?"

난 시도조차 해 보지 않았지만 티켓팅 오픈하고 몇 분 지나지 않아 다 매진되었다고 들었다. 양도표 구한다는 글도 많이 봤고, 표 값이 십만 원이면 프리미엄 붙어서 이십만 원, 삼십만 원은 우습게 넘는 것도 봤다.

"프리미엄 없는 걸로 찾아볼게. 근데, 못 구할 수도 있으니까 너무 기대는 말고."

갈 수 있다는 말도 하지 않았는데 희나는 내가 당연히 갈 거라고 여겼다. 초등학교 때부터 세뱃돈을 모아 둔 통장이 떠올랐다. 한 번도 돈을 찾아 본 적이 없어서 비밀번호도 가물가물했지만 통장도 도장도 내 서랍 안에 있다.

집에 와서 블로그 창을 열어 놓고 오늘 있었던 일을 돌이켜 보았다. 서하 오빠를 봤다. 세타나인을 좋아하게 된 지 3년 만에 처음으로, 얼굴을 본 거다.

괜히 일어나서 서성였다. 엄마 아빠는 교회 부흥회라 열두 시는 넘어서 올 테니 그때까지 자유 시간이다. 음악을 크게 들어도 되고 텔레비전을 맘껏 볼 수도 있는데 그럴 마음이 안 들었다. 서하 오빠를 보던 순간의 그 느낌을 고스란히 품고 있고만 싶었다. 쉬이 꺼져 버릴 것 같은, 너무 영롱하게 빛나서 실감나지 않는 비눗 방울들이 내 안에 둥둥 떠올라 있는 것 같았다.

글이 막 쓰고 싶어져서, 쓰다 만 비공개 글을 완성해서 올렸다. 그 어떤 사랑도 일방적이지 않다, 받는 게 있으니까, 주고 싶다고 느끼는 것이다……. 얼굴을 본 것만으로도 이렇게 많은 걸 받은 기분인 것을.

그리고 희나와 〈밤의 창문〉. 다운받아 놓은 옛날 영상을 재생시켰다. 앳된 서하 오빠의 얼굴에 아까 본 진짜 서하 오빠의 모습이 겹쳤다. 거칠게 녹음된 피아노 반주를 들으며 나는 눈을 감고, 여름보다 겨울이 어울리는 그 따뜻한 어둠을 상상했다.

이를테면 이런 것. 겨울날 할머니 댁에서 집으로 돌아오는 밤, 차가운 차 뒷좌석에 웅크리고 앉아 벌벌 떨다가, 히터의 따뜻한 바람과 함께 점점 몸이 풀리고, 따스해지고, 설핏 졸면서 보는 창

154

문 밖 어두운 밤 풍경. 언제까지나 그 좁은 온기 속에 머무를 수는 없고, 살을 에는 추위를 또 한 번 견뎌야 집에 들어갈 수 있다는 걸 그 순간에는 잊고.

방학식 날 희나는 진짜로 표를 구했다는 소식을 전했다. 입금하면 희나가 표를 받아다 주겠다는 말에 집에 돌아가자마자 통장과 도장을 들고 은행에 갔다. 설마 사기는 아니겠지, 하는 생각이 들었지만 눈 딱 감고 비밀번호를 눌렀다.

희나는 보충수업에도 나왔다. 원래 학교에도 잘 나오지 않으면서 보충이라니 의외였다. 오는 순서대로 자기 앉고 싶은 자리에 앉는 거였는데, 희나는 자연스레 내 옆에 앉았다.

첫 시간은 그럭저럭 넘어갔는데 2교시에는 너무 덥고 졸렸다. 잠 깨려고 연습장에 세타나인의 노래 제목을 적어 봤다. 특별히 좋아하는 파란색 펜을 골라서, Lover. 꿈의 반경. 오늘은 아마도. Imitation. Shine. The Day After. 따라와. 어제의 하늘…….

희나의 왼손이 불쑥 내 연습장 위로 올라왔다. 미처 지우지 못한 검은색 매니큐어 자국이 남은 손톱이 눈에 띄었다. 삐뚤삐뚤한 글씨로, Get over U.

아, 맞다. 또 생각해야지, 하는 사이에 희나가 하나를 더 적었다.

혹시 나를 생각한다면.

나도 질 순 없다. 바로 그 밑에다. 잊을게.

그리고 희나 차례. 그날의 기억.

와, 이렇게 연결이 되는구나. 희나와 나는 동시에 웃었다. 그때 선생님이 날카롭게 외쳤다.

"정희나, 집중 안 할 거면 나가!"

아…… 희나 잘못이 아니었는데.

쉬는 시간, 희나가 자리를 비운 사이에 서빈이가 왔다. 중3 때 같은 반이었고 엄마들끼리 아직도 연락한다. 서빈이는 희나 자리에 앉아서 대뜸 물었다.

"장소원, 얘랑 친해졌어? 얘 좀 이상하지 않아?"

"왜, 괜찮은데."

"아이구, 착해 빠져서는."

서빈이가 혀를 찼다. 내가 뭐가 착한데? 되묻고 싶었는데,

"비켜."

희나가 돌아왔다. 서빈이가 샐쭉한 얼굴로 자리에서 일어나는데 솔직히 조금 통쾌했다.

"저녁에 학원 가?"

"응. 왜?"

"그, 티켓 구해 준 언니가, 윤지 언니가 티켓 받으러 오면 저녁 사 준다는데."

아프지도 않은데 학원을 빠지는 건 처음이었다. 학원 친구 보리에게 말 잘해 달라며 문자를 보내는데 엄청난 일을 저지르는 것처럼 두근거렸다.

희나와 홍대에 가서 그 언니를 기다리면서 가게들을 기웃거렸다. 음반 매장에서 세타나인 시디도 하나하나 봤다. 집에 다 있는 건데도 밖에서 보니, 또 희나와 함께 보니 새로웠다. 문구점에서는 제드 오빠와 서하 오빠의 이름으로 된 초록색 명찰과 세타나인 스티커를 샀다.

"어, 이건 하나밖에 없네. 너 해라."

두 장씩 있는 스티커를 나누는데 서하 오빠가 교복 입은 사진으로 된 스티커는 하나뿐이었다. 가지고 싶지만,

"괜찮은데. 너 가져."

"너 그 말 진짜 많이 한다. 괜찮다는 말."

희나의 말에 머리를 한 대 얻어맞은 기분이었다. 희나가 내 얼굴을 들여다보며 말했다.

"안 괜찮은데, 한번 해 봐."

"뭐?"

"안 괜찮다고 말해 보라고."

농담으로 넘기려 했는데 희나는 진심인지 거듭 재촉했다.

"아, 그만해, 좀!"

"이제야 안 괜찮네."

희나가 씩 웃었다.

마침내 그 윤지 언니란 사람이 나왔다. 이로써 내가 세타나인 팬인 걸 아는 사람이 두 명이 되었다.

"이거 먼저 줘야지, 애타지 않게. 자, 표입니다."

바로 확인하는 건 실례일 것 같았는데, 희나가 자꾸 봉투를 열어 보라고 했다. 예상보다 크고 빳빳한 표. 세타나인 A – CONCERT ······.

"그리고 이건 희나 거. 예림이 완전 신났더라, 스탠딩 진짜 원했대."

윤지 언니와 희나도 봉투를 교환했다. 궁금했지만 묻지 않았는데, 윤지 언니가 설명했다.

"응, 둘이 옆자리 앉으라고. 희나 건 원래 스탠딩 좋은 자리였는데, 소원이 네 옆에 앉겠다고 바꾼 거야."

희나는 쑥스러운 듯 고개를 돌렸다. 괜찮은데, 중얼거렸던 건 어리둥절하고 미안하고 고마웠기 때문에.

저녁은 서하 오빠 부모님이 하시는 근처 부대찌개 집에서 먹었다. 가게 문을 들어서는데, 혹시 서하 오빠가 있지 않을까 하는 생각에 가슴이 떨렸다. 사람이 많아서 십 분 정도 기다려서 앉았다. 손님은 90프로가 젊은 여자여서 우리 옆 테이블에 앉은 가족이 오히려 튀어 보였다. 그 테이블 아저씨가 말하는 소리가 들렸다.

"요즘 아가씨들은 부대찌개 좋아하나 보네. 이 골목에서 이 집만 장사가 잘 돼."

속으로 좀 웃었다. 다들 세타나인이 좋고 서하 오빠가 좋아서 여기까지 온 걸 텐데.

"너 유칼립투스 읽어 봤어? 그거 윤지 언니가 쓴 거야."

희나 말에 진짜 놀랐다. 세타나인 팬픽 중에 제일 유명한 작품이다. 윤지 언니가 SATZ 님이라니!

"옛날에 쓴 건데, 기억하는 사람이 있네?"

윤지 언니가 손사래를 치며 웃는데, 머릿속에 SATZ 님이 쓴 글들이 줄줄이 떠올랐다. 〈유칼립투스〉, 〈HIT〉, 〈그해 겨울〉……. 사실 난 팬픽을 좋아하는 편은 아니다. 맞춤법이 많이 틀리거나 유치하거나, 수위가 너무 높거나 폭력적인 건 진짜 싫다. 대신 잘 쓴 건 몇 번이고 반복해서 읽었는데 〈유칼립투스〉가 그중 하나다. 텍스트 파일로 다운받아 놓고 가끔 읽는데, 아직도 서하 오빠가 다시 피아노를 치게 되는 장면에서는 눈물이 난다.

"요즘은 안 쓰세요?"

"아, 여유가 없어서. 그때는 대학생이었거든. 하긴, 그때도 바빴는데. 리포트 쓸 시간에 글 쓰고 그랬지. 근데 회사가 더 바쁘네."

희나가 윤지 언니가 나온 대학을 말해 줬다. 와, 공부도 진짜 잘하셨구나.

"다들 언니 궁금하대요, 요즘 안 보인다고. 갈아탔냐고까지 하더라고요."

"누가? 재연이가? 걔는 나한테 전화해서 막 따지더라. 아우, 아주 직원이야. 팬 관리를 직접 하셔. 얼굴 좀 안 비추면 팬이 아니게 되는 건가? 그건 아닌데, 그치?"

윤지 언니가 내 쪽으로 고개를 돌리고 물었을 때 당황해서 그냥 고개를 끄덕였다.

"세타나인도 세타나인의 인생을 사는 건데, 뭘. 자기 꿈을 위해 열심히 살다 보니 그게 우리한테 또 힘이 되는 거고. 우리도 우리 인생 열심히 살아야 세타나인한테도 좋은 거지."

숨통이 트인다. 윤지 언니가 엉켜 있던 것을 정리해 준 기분이었다. 오늘 블로그에 쓸 글이 머릿속으로 흘러갔다. ……좋아하는 마음에는 적정선이라든지 가이드라인 같은 게 없다. 뭐가 더 좋은 거고 뭐는 나쁜 건지 나눌 수도 없다…….

얘기에 푹 빠져서 저녁 시간이 훌쩍 지나갔다. 희나는 자리에서 일어나면서 흘리듯 말했다.

"아, 집에 가기 싫다."

"요즘도 그래? 에이그. 괜히 엄한 데 가지 말고 우리 집 와, 알았지?"

윤지 언니가 걱정스레 말했다. 사정이 있나 보다 짐작만 했다.

식사는 윤지 언니가 계산했는데, 조금이라도 보태야 하는 게 아닐까 싶어서 머뭇거렸다. 윤지 언니는 그런 날 눈치채고는 희나 친구면 언니 동생이나 다름없으니 신경 쓰지 말라며 웃었다.

언니는 야근하러 회사로 돌아가고, 우리는 버스 정류장을 향해 걸었다.

"너네 친언니 같아."

"친언니랑은 말도 안 하는데."

희나가 가족에 대해 말한 건 처음이었다. 희나는 친언니 대신 윤지 언니에 대해 얘기했다. 작년에 콘서트 표 때문에 연락을 주고받다가 만났고 이제는 세타나인 때문이 아니라도 자주 본다고 했다.

"세타나인 팬 하면서 제일 좋았던 거 하나 뽑으라면, 윤지 언니로 할 거야."

희나가 달리 보였다. 가까이에서 보니 희나에게는 반 아이들이 모르는 자기만의 세상이 있고 친구가 있었다. 하나도 부족하거나 이상하지 않았다.

"다음엔 사녹 갈래? 안 가 봤지?"

희나의 말에 갑자기 웃음이 터졌다. 날 데리고 세타나인 관광코스라도 밟을 생각인가 싶었다.

"왜 웃어?"

"너, 흰토끼 같아. 앨리스에서, 이상한 나라로 데려다주는 토끼 있잖아. 안경 쓰고, 회중시계 차고."

"……회중시계는 뭔데."

"이상한 나라의 앨리스 안 읽어 봤어?"

"아, 몰라."

그래 놓고 희나도 픽 웃었다. 별로 웃긴 것도 아닌데, 둘이 한참을 킬킬댔다. 웃음이 잦아들고, 조금 쑥스러워졌을 때 희나가 말했다.

"이것도 한때지 뭐. 너 대학 가고 그러면 기억이나 하겠니?"

나는 계속 좋아할 거야, 말하려다가 희나가 이야기하는 게 세타나인이 아니라는 걸 깨달았다. 기억이나 하겠니? 나를. 나랑 이렇게 다니고 했던 걸.

"기억할 거야."

내 말에 희나는 한쪽 입술을 끌어올려 비뚤게 웃었다. 또박또박 다시 한 번 말했다. 그때만큼은 진심으로.

"기억할 거야. 다, 진짜."

책상 위를 깨끗하게 치우고 노란 봉투와 검은색 표를 나란히 올려놓았다. 이게 바로 앨리스의 티켓. 이상한 나라의 가장 깊고 가

162

장 눈부신 곳으로 들어갈 수 있는 열쇠. 너무 설레서 소리를 막 지르고 싶었다.

하지만 동시에 마음 한쪽이 까맣게 짓눌렸다. 엄마 아빠에게 들키지 않고 다녀올 수 있을까. 공연은 10시나 넘어서 끝나고, 관객들이 워낙 많으니 퇴장하는 데만도 시간이 많이 걸려서 11시가 되어야 지하철을 탈까 말까 할 거라고 희나가 말했다. 게다가 공연장에서 우리 동네까지는 한 시간 반도 더 걸린다.

도저히 답이 안 나왔다. 도서관에서 공부를 하고 올 거라고 말한들, 자정 넘어 집에 온다는 건 우리 집에서는 말도 안 되는 일이다.

거짓말을 해야겠지. 엄마 아빠가 싫어할 만한 일을 할 때는 내가 늘 그렇듯. 일요일에 친구 생일 파티에 갔을 때도, 시험 끝나고 영화를 보러 갔을 때도 변명 거리를 꾸며 대었다. 내 나름의 평화유지를 위한 노력이고 방법이다. 걱정하지 않도록, 싫은 소리 나오지 않도록 미리 차단하는 것.

정면 돌파한다면 어떻게 될까. 엄마 아빠의 감정 섞인 목소리와 찌푸린 얼굴은 상상도 하기 싫다. 어떤 애들은, 그러니까 희나 같은 애들이라면 아무렇지 않게 넘겨 버릴 수 있는 일이겠지만 내겐…….

"소원아, 나와서 과일 먹어."

163

갑자기 엄마가 방 밖에서 날 불렀다. 괜히 놀라서 황급히 표를 봉투에 넣고 문제집 사이에 꽂았다.

텔레비전에는 아홉 시 뉴스가 나오고 있다. 뉴스가 끝나면 엄마는 드라마를 보겠지. 오늘은 아빠가 늦으니 그 정도는 숨통이 트인다.

수박을 한 조각 집어 들고 먹으면서 고민했다. 솔직하게 말해 볼까. 아빠는 몰라도 엄마라면.

그런데 엄마가 갑자기 먼저 말을 시작했다.

"소원이 너 요즘 반에서 친한 애가 누구야?"

엉뚱한 질문이었다.

"그냥 다 친해요."

그때까지는 별생각 없었다. 엄마들이 흔히 하는 쓸데없는 질문인 줄 알았다.

"서빈이 엄마가 전화했었어. 너 요즘 이상한 애랑 어울리는 거 같다고."

이상한 애? 서빈이가? 아까 서빈이가 나한테 와서 희나랑 친해졌냐고 물어봤던 게 생각났다.

"학교도 잘 안 나오고, 무슨 폭력 사건도 있었던 애라던데. 엄마가 선생님한테 말해서 짝 바꿔 달라고 할 테니까……."

선생님한테 뭘 말해? 내가 무슨 열 살 어린애야? 나도 소문으로

164

들은 적 있다. 중학교 때 정학을 당했다느니 하는 말들. 그게 사실이든 아니든 상관없다. 지금 내게 희나는 이상한 애가 아니다.

엄마는 내 얘기는 듣지 않는다. 들어도 이해하지 않는다.

"너 괜히 물들까 봐 그래. 엄마가 알아서 할 테니까……."

"엄마가 뭘 알아서 해요!"

"애 좀 봐, 왜 소리를 질러? 너답지 않게. 거봐, 너 친구를 잘 만나야 하는 거야."

이렇게 몰리는 기분이 들 때 희나는 어떻게 할까. 차근차근 말을 하나, 능청스럽게 웃어넘길까. 난 하나밖에 못한다. 문을 쾅 닫고, 내 방에 틀어박히는 것.

노트북을 켜고, 블로그를 열어 글을 마구 적어 내려갔다.

왜 끼어들려고 하는 거야, 아무것도 못 하게 하는 거야? 나다운 게 뭔데. 나한테 뭐가 중요한지도 모르면서! 무슨 생각 하는지 알려고 하지도 않으면서! 이대로 살다 이대로 죽어 버리길 바라 는거야? 차라리 날 집에다 묶어 놓으라고!

콘서트 얘기를 꺼내기도 전에 제대로 확인 사살시켜 준 거다. 절대, 절대 안 될 거다.

쓸수록 더 화가 나서, 그냥 자판을 마구 두드렸다. 손가락이 아파서 멈춰야 할 때까지.

화면에 가득히 찍힌 자음과 모음들, 쓰레기들. 절대 올릴 수 없는 글. wishtree를 이런 찌질한 장소원으로 오염시킬 순 없다.

컴퓨터를 꺼 버리고, 표가 든 봉투 위에 엎드렸다. 눈을 꼭 감고 주문을 외듯 생각했다. 조금만 있으면 세타나인을, 서하 오빠와 제드 오빠를 직접 볼 수 있어, 그 노래들을 직접 들을 수 있어.

밀물이 몰려오듯, 따뜻하고 부드럽고 어두운 무엇이 날 감쌌다. 호흡이 편안해지고 굳었던 어깨가 풀렸다. 그래, 나에겐 도망갈 구석이 있다. 웅크리고 누워 그 누구의 방해도 없이 온전히 나일 수 있는 곳이 있다. 그러니 괜찮다.

언제나처럼, 방어막을 친다. 몇 겹으로. 신뢰할 만한 이름, 의심 못할 이유. 머뭇거리지 말고 빠르게. 엄마 주형이 알죠 오빠가 카이스트 다니는 애 걔 책을 빌린 게 있는데 내일 아침 일찍 가져다 줘야 해요 일곱 시에 학교 앞에서 만나기로 했어요 가족 여행 가는 날이라서 빨리 받아야 한대 내일 새벽 기도 가시죠?

아침 7시에 내가 진짜로 도착한 곳은 방송국 앞. 사전 녹화를 보러 온 사람들이 좁은 마당과 주차장과 인도를 꽉 메우고 있었다. 거기, 희나가 나를 기다리고 있었다.

희나가 응원법 프린트한 것과 학생증, 팬클럽 회원증을 내밀었다. 회원증에 적힌 이름은 이은혜.

"오늘은 이은혜로 살아. 나 아는 앤데, 오늘 빌려 주기로 했어."

팬클럽 회원증은 절대 타인 양도가 안 된다는 걸 읽은 적이 있다. 하지만, 그냥 고개를 끄덕였다.

희나가 내 팔목에 45라고 적었다.

"이게 뭐야?"

"명단 적고 받는 번호. 너 이름은, 이은혜 이름은 어젯밤에 걔가 써 뒀어."

딱 봐도 모여 있는 사람은 몇 백 명 되는 것 같은데 엄청 빠른 숫자였다. 희나는 46번이었다. 문제는 9시에 인원 체크 할 때 생겼다.

공식 팬클럽에다 앨범을 가져왔으니 1순위가 될 수 있었지만, 앨범 하나 가지고 돌려쓰지 않도록 앨범 자켓에 이름을 써야 했다. 그러니까, 이은혜라고 적어야 했다. 그게 너무 싫어서 그냥 공식 팬클럽 안 하겠다고 하고 뒤로 빠질까도 생각했다. 그러면 내 번호는 몇 백 번이 될 거고 아예 들어가지 못할 것이다. 그래도, 어디 구겨질까 흠이 날까 아끼며 들었던 앨범에 지워지지도 않을 네임펜으로 남의 이름을 적는다는 건……. 새 앨범을 또 살 수 있게 된다 해도 같을 수는 없다. 세타나인 정규 2집 〈Lover〉. 설레며 몇 주를 기다리고, 누구와도 마주치기 싫어서 광화문까지 가서 사 온 앨범인데.

"왜? 아……. 이름 쓰기 싫어서 그래?"

희나가 물었을 때 나는 펜을 쥔 채로 여전히 망설이고 있었다.

"아니야. 괜찮아."

연한 분홍 자켓 위로 이은혜라고 쓰는데, 가슴이 아렸다. 그렇지만 이미 늦었다. 앨범과 팬클럽 회원증, 학생증을 보여 주고 나니 점검하던 팬클럽 임원이 내 팔목에 숫자를 썼다.

우리 앞으로 팬클럽이 아니어서 2순위 3순위로 밀린 사람이 많아서, 1순위 21번이 내 번호였다. 이 정도면 펜스 잡을 수 있겠다고 희나는 흡족해했다. 제일 앞자리에 서서 무대를 볼 수 있다고.

나도 웃었다. 꾸물꾸물 올라오는 불쾌한 기분은 무시하려 애썼다.

원래는 11시부터 녹화라더니, 1시인가 1시 반에야 건물에 들어갔고 로비에서도 한참을 대기했다. 땡볕에서 기다리다 실내에 들어가니 그나마 나았는데 경호원들과 방송국 스태프들이 정말 살벌했다. 사진이나 영상을 찍었다가는 죽을 줄 알라는 협박에다가, 조금만 큰 소리가 나도 닥치라고 소릴 질러 대서 자꾸 깜짝깜짝 놀랐다. 내 앞에 선 아이들이 작게 욕했다.

"지들이 갑인 줄 아나. 야, 니들 보러 온 거 아니거든?"

"어제 엔샤 사녹에서 난리 났었대. 카메라도 걸리고, 밀어서 한 명 기절하고."

168

"걔네가 그런 걸 왜 우리한테 풀고 지랄이야."

엄한 분위기에서 마침내 녹화장으로 들어갔다. 방송 보면 솜사탕처럼 밝고 환했는데 실제로 보니 무대에만 불이 밝혀져 있을 뿐 어두컴컴했다. 박제된 곰 같은 커다란 카메라들에 뱀처럼 바닥을 덮은 전선 더미. 살풍경했다.

하지만 마침내 세타나인이 흰색 수트에 분홍색 보타이를 매고 그 무대에 오르자 남의 이름이 쓰인 앨범, 몇 시간의 지루한 기다림, 경호원들에게 치인 것들 모두가 잊혀졌다. 사진이나 영상과는 비교할 수 없이 눈부신 두 사람.

많이 기다렸죠? 더웠죠?

서하 오빠의 목소리를 들었다. 마이크 없이도 목소리가 들릴 만큼 가까웠다. 방송용 목소리가 아닌, 진짜 있는 그대로의 목소리였다.

밥은 먹었어요? 안 먹었어? 나도 못 먹었어, 배고파 죽겠다.

제드 오빠는 팬들에게 장난을 걸었다. 하나하나 눈을 맞춰 주는데 나와도 눈이 마주쳤다.

꺅 소리가 저절로 입에서 튀어나왔다. 사람 마음이 다 똑같은지, 내 뒤에서도 거의 울부짖다시피 하는 소리가 났다.

결국엔 스태프가 나와서 조용히 좀 하라고 버럭 짜증을 냈다. 제드 오빠와 서하 오빠 얼굴이 굳는데…… 아, 너무 미안해서 두 손으로 입을 가렸다.

가슴이 조여 오는 긴장감 속에서, 〈Lover〉 무대가 시작되었다.

눈을 맞춰 줘 딴생각은 하지 말고
오늘만은 너는 나만의 연인

음악 방송으로, 뮤직비디오로 셀 수도 없을 만큼 많이 보았는데 직접 보는 건 진짜 달랐다. 첫 리허설 때는 응원법 따라 하는 것도 잊고 소리도 한번 못 지르고 그냥 넋을 놓고 보았다. 여유롭고 화려한 움직임. 귀에 꽂히는 선명한 목소리. 진한 메이크업도 조명 아래서는 자연스러웠다. 탁, 탁, 무대 위에서 뛸 때 발소리까지 들리고 이마 옆으로 흐르는 땀방울까지 보였다.

리허설을 한 번, 녹화는 세 번. 두 번째 볼 때는 눈물이 날 것처럼 벅차서 펜스만 꼭 붙잡고 있었고, 세 번째에야 응원을 제대로 했다. 완전 흥분해서 팔을 계속 들고 있었는데도 하나도 힘들지 않았다.

일단 퇴장했다가 본방송에 들어가기 위해 로비에서 대기하고 있는데, 앞사람들 대화가 귀에 들어왔다.

"서하 오빠 머리 새로 염색한 거 짱 예뻐요!"

"우주선 님이 지난번에 그 색깔 추천했었잖아요, 혹시 그거 보고 한 거 아닐까요?”

“아, 말도 안 돼! 그럼 너무 좋죠!”

우주선, 내가 아는 이름이었다. 바로 옆에 앉은 단발머리 언니에게 나도 모르게 물었다.

“우주선 님이요? 그, 블로그 하시는?”

“네, 제가 우주선이에요. 저 아세요?”

자주 가는 블로그, 우주선의 비상착륙. 세타나인에 대해 진짜 재밌게 잘 쓰고 낙서같이 간단한 만화도 진짜 웃기게 잘 그리는, 내 블로그에 자주 와서 글도 남겨 주는 블로거였다. 평소 같았으면 아는 체 안 하고 속으로만 반가워했을 것이다. 그런데 그때는 세타나인을 보고 온 흥분이 가라앉지 않아서 잠갔던 문을 열어 버렸다.

“제 블로그 자주 오셔서 알아요.”

“아, 블로그 하세요? 닉네임이?”

“저기, 위시트리인데…….”

“진짜요? 위시트리 님이세요?”

우주선 님이 팔짝팔짝 뛰며 내 손을 잡았다. 세타나인 로고를 본떠 만든 빨강 머리띠가 같이 흔들렸다.

“소원이 네가 위시트리라고? 진짜?”

희나조차 놀란 얼굴로 내게 물었다. 내가 더 놀랐다.

"알아?"

"당연하지. 유명하잖아."

위시트리래, 어, 나 아는데! 그 블로그 아니야? 무슨 블로그? 사람들이 쑥덕거리는 게 들렸다. 얼굴이 달아오르고 자꾸 입술을 깨물게 되었다.

"저 위시트리 님 글 진짜 좋아해요! 학생이시구나, 그렇죠? 어휴, 저는 글만 보고 저보다 언니인 줄 알았어요! 되게 이성적으로 잘 쓰셔서."

아니라고 고개를 저으면서도 벅찬 마음은 가라앉지 않아서, 고맙다고 말하는데 목소리가 떨릴 정도였다.

"주니 님 아시죠? 저희가 위시트리 님 얘기 자주 했어요, 만나서 얘기해 보고 싶다고. 한번 같이 만나요."

엉겁결에 연락처까지 주고받았다.

그때부터는 그 사람들 사이에서 한 자리 차지하고서 대화에 끼었다. 말하고, 공감 받고, 질문 받고, 대답하고. 거대한 흐름 속에서 한 방향으로, 안전하게 가고 있다는 느낌으로.

본방송은 좀 더 재밌었다. 미리 녹화한 것이 방송에 나가니까 세타나인은 힘을 빼고 편하게 춤추다 손 흔들어 주다가, 두 손으로 하트도 그려 주었다. 마지막 순위 발표 때는 어김없이 1위. 앵

172

콜 때는 제드 오빠가 꽃다발을 팬들에게 던졌다. 나도 있는 힘껏 손을 뻗었는데, 손끝에 살짝 스치기만 했는데도 정말 좋았다.

다 끝나고 근처 김밥 가게에서 늦은 저녁을 먹을 때도, 또 집에 가는 지하철에서도 계속 들뜬 채였다.

희나는 아까부터 계속 감탄이었다.

"나 그거 읽었단 말이야, 따라와 뮤직비디오 해석 글. 너 진짜 글 잘 쓴다."

"뭐가 잘 써."

쑥스러웠다. 동시에 웃기게도, 희나에게 조금이나마 보답을 한 기분이 들었다. 데리고 다니기에 창피하지 않은, 희나와 격이 맞는 팬으로서의 친구가 된 것 같아서.

집에 와서 사녹 후기를 쓸 때는 평소보다 좀 긴장했다. 희나가 볼 테니 잘 쓰고 싶었다.

러버 무대를 직접 보는 것은 놀라운 경험이었다. 영상에는 카메라가 잡은 부분만 나오니까, 카메라가 비추지 않는 곳에서 무슨 일이 벌어지는지 알 수가 없는데 이번에 다 알게 되었다. 리허설까지 포함해서 네 번을 보고 나니 전체 동선과 부분의 포인트들을 다 외울 지경이 되었다.

나만의 연인, 하는 부분에서 제드 오빠가 윙크할 때, 서하 오빠가 놀란 표정을 지으며 제드 오빠를 가리키고는 활짝 웃는 것. 댄스 브레이크에서 뒤돌아 춤을 출 때 댄서들이 다이아몬드 모양으로 섰다가 재빨리 한 줄로 돌아오는 것…….

이번 안무는 정말 최고다. 오랫동안 맞춰온 두 사람의 호흡이 빛을 발한다.

콘서트에서는 또 어떤 모습을 보게 될까.

앞으로 딱 일주일. 정말 설렌다.

그 댓글을 발견한 것은 월요일 밤이었다. 토요일에 쓴 사전 녹화 후기 글에 비밀 댓글이 달려 있었다.

— 위시트리 님 실망이에요. 사생이랑 같이 다니시던데.

내가? 사생이랑?

세타나인에게도 사생팬들이 붙어 다닌다. 숙소까지 쫓아다니고, 공식 스케줄이 아닌 곳에 가서도 사진을 찍어 대고, 핸드폰을 해킹하고, 얼굴이나 몸을 만지고. 처음엔 멋모르고 세타나인을 누구보다 가까이에서 보고 다른 사람들은 모르는 것을 안다고 부러워한 적도 있다. 하지만 서하가 SNS에 사생에 대해 쓴 뒤로는 생각이 달라졌다. '다른 것은 감당할 수 있습니다. 하지만 제 생활을 망가뜨리지는 말아 주세요.'

팬들 사이에서도 사생은 팬으로 쳐 주지도 않는다. 무슨 헛소리

174

인가 싶어서 화가 났다가, 방송국에서 얘기한 게 기억났다. 장소원과 위시트리가 연결된 순간. 누가 위시트리로서의 나를 봤구나. 내가 사생하고 얘기를 했었나? 다 처음 보는 사람들인데 누가 사생인지 내가 어떻게 알아! 얘기 좀 한 거 가지고 같이 다닌다고 말해도 되는 거야?

그 순간 소름이 돋았다. 설마, 희나가.

그럴 리가 없다. 하지만 나는 희나에 대해 아는 게 없었다.

이제 말해 본 지 고작 이 주, 집이 어딘지도 모르고 언니가 있다는 거 하나 알 뿐.

의심 가는 일도 많았다. 희나는 너무 많은 걸 알고 있다. 스케줄도 잘 알고 아는 사람도 많고…… . 머리 한쪽에선 희나를 의심하고, 한쪽에선 옹호했다. 그 정도는 검색만 잘해도 알 수 있고, 팬질 오래 하다 보면 아는 사람이 많아지는 건 당연하고, 희나가 정말 사생이라면 윤지 언니 같은 사람과 친하게 지내지도 못할 거라고.

가장 간단한 것은 희나에게 직접 물어보는 거였다.

너 사생이야? 아니라면, 나는 희나를 욕한 거나 다름없다. 만일 맞다면…… 희나가 과연 솔직하게 대답할까? 진짜 사생이면, 그땐 어쩌지?

그냥 묻히길 바랐다. 하지만 상황은 점점 더 나빠졌다. 화요일에 희나는 학교에 오지 않았고 블로그에는 비밀 댓글이 또 달렸다. 이번엔 다른 사람이었다.

— 그거 헛소문이죠? 사생 친구 있으시다고……. 근데 진짜 고등학생이세요?

머리가 띵했다. 위시트리의 공간이, 현실로 오염되고 있었다. 완벽하게 꾸려 왔던 공간에 지저분한 것들이 밀고 들어와서, 지금까지 쌓아 온 것들을 하나씩 무너뜨리고 있었다.

그날 밤에는 메일까지 한 통 받았다. 하얀 모니터에 박힌 검은 글씨들이 숨 막혔다.

기억하세요? 공방 때 만났던 우주선이에요.
이런 말씀 드려도 되나 모르겠지만, 제가 평소에 위시트리 님 블로그 정말 좋아하고, 세타나인에게 좋은 글 써 주시는 분으로 알고 있어서…….
저도 나중에 들었는데, 친구분, 신경 쓰셔야 할 거 같아요…….

첨부된 건 채팅방 캡쳐.

— 그럼 위시트리가 사생한테 붙은 거? 사녹에서 누가 자기가 위시트리라고 해서 긴가민가했는데

176

— 사생 누구?

— 유명한 애 있음. 악질. 웃긴 건 ㅋㅋ 걔 원래 퓨쳐 사생이었음.

   또 언제 갈아탈지 모름

— 근데 위시트리 자기는 공식 팬클럽 아니라고 하지 않았어?

   그런 글 본 것 같은데. 1순위로 들어가던데?

— 대박. 사칭한 거???

— ○○걔랑 같이 다니면 충분히 그럴 수 있음. 현장 많이 뛰어봤는데, 유명함.

   자기 친한 사람들 다 밀어 넣음. 임원들하고도 친해서 다 모른 척해줌.

   완전 구림

— 개짜증이네

손이 막 떨렸다. 희나가 진짜로 사생이다……. 아니, 사실 그건 마음의 준비를 하고 있었다. 사생일 수도 있다는 가능성에 대해선. 그런데 저렇게 위시트리가 사생 빽으로 팬클럽 사칭하고 사녹에 들어간 저질로 낙인 찍히는 건, 상상 못했다.

이걸 얼마나 많은 사람들이 알게 된 걸까. 새로운 댓글과 안부글을 알리는 빨간 알람이 무서웠다. 또 나를 욕하는 말이 있으면 어쩌지? 아니야, 가만히 있으면 다들 잊을 거야…….

하지만 잊히지 않으면?

수요일에 희나가 학교에 왔을 때는 얼굴을 못 보겠어서 고개도 들지 않았다. 아니, 일부러 안 봤다. 지금 너 때문에 내가 무슨 꼴을 당하고 있는지 알아?

그런데, 희나 역시 내게 말을 걸지 않았다.

희나는 그냥 엎드려 자거나 밖에 나갔다. 수업이 끝나자마자, 잠을 틈도 없이 쌩하니 교실을 나섰다. 다음 날도 마찬가지였다. 딱 예전으로 돌아간 것 같았다. 서로의 공통점을 발견하기 전의 그 시절로.

희나가 대놓고 엎드리자 수학 선생님이 비아냥거렸다.

"편하게 집에서 자지, 왜 나와서 고생이니. 돈 아깝고 시간 아깝게."

아이들이 픽픽 웃었다. 원래 그런 애였지, 서빈이 말처럼 질 안 좋은 아이. 게다가 사생?

토요일이 콘서트였다. 희나와 나는 옆자리. 희나는 내 옆에 앉기 위해 더 좋은 자리를 포기했다. 굿즈도, 야광봉이나 인기 좋은 건 금방 다 팔리니까, 희나가 빨리 가서 사 놓겠다고 했다. 그런데 지금은 다 엉망이 되어 버렸다.

머리가 터질 것 같았다. 싫다, 정말 싫다. 누군가 나에게 화내는 거, 날 비난하는 게 너무 싫다. 숙제를 꼬박꼬박 해 오는 것도, 괜찮다는 말을 달고 사는 것도, 변명 거리를 꾸며 대는 것도 다 그래서인데. 지금껏 그렇게 잘 살아왔는데.

내 잘못이다. 위시트리 얘기를 하지 말았어야 했다. 아니, 애초에 희나를 따라 여기저기 다니질 말았어야 했다. 위시트리를 지켰어야 했는데, 그건 내 가장 소중한 건데.

갑자기 더 화가 치밀었다. 왜 이렇게 되어 버렸지? 내가 잘못을 좀 했다고 해서 세타나인에게 피해를 준 것도 아닌데!

생각이 걷잡을 수 없이 뻗어 나갔다. 그럼 난 뭘 위해 글을 썼던 거지? 내가 그 많은 글을 쓰고, 사람들이 내 글을 읽고, 공감하고 칭찬하고, 추천하고 그런다고 해도 세타나인과는 아무 상관 없는 일인데.

나뿐만 아니라 그렇게 떠벌리고 다니는 팬들 모두가, 세타나인에게는 절대 닿을 수 없고, 위성처럼 주위를 맴돌 뿐인데.

팬질을 하다 보면 현실을 자각하게 되는 순간이 찾아온다고들 한다. 달궈졌던 마음이 식어 버리고, 열기를 뿜어 내었던 것이 불사조의 깃털이 아니라 구겨진 손난로라는 것을 깨닫는 순간. 그게 이렇게 비참한 기분일 때 찾아올 줄은 몰랐다.

직접 얼굴을 봤지. 말하는 것도 들었지. 내 착각일지 모르지만 눈도 마주쳤고, 내게 웃어 주기도 했어. 하지만, 그게 끝이잖아. 그들은 그 무대 위에, 나는 무대 아래 철창처럼 막아 놓은 펜스 뒤에서 손을 흔들고 소리를 지르는 것이 전부.

그러곤 컴퓨터 앞에 앉아서 보잘것없는 단어 몇 개로 표현하려 애쓴다. 나와 그들이 무슨 관계라도 되는 것처럼, 내가 쓰는 글이 그들에게 무슨 의미라도 될 것처럼. 내가 뭐라도 된 듯 우쭐해져서, 툭 건드리면 와르르 무너져 버릴 집을 허공 위에 그렇게나 공들여 지었지.

누군가 내게 속삭였다. 너, 그래서 위시트리를 만든 거잖아. 언제든 발 뺄 수 있게, 모른 척할 수 있게. 넌 겁쟁이야. 언제나 그래, 정면으로 부딪칠 용기는 없지. 상황에 따라 이쪽저쪽 오가며 숨는 거야. 그건 떳떳해? 네가 진짜 세타나인을 좋아한다고 말할 수 있어? 위시트리 뒤에 숨지 않고서는 그 마음을 드러내지도 못하잖아…….

금요일에도 희나는 학교에 왔다. 지난 이틀간 그랬듯이 우리는 눈도 마주치지 않고 서로 말도 걸지 않았다. 희나 쪽을 일부러 보지 않고 있으니 오른쪽 어깨와 목이 뻣뻣하게 굳어 아팠다. 언뜻 본 희나는 수업 시간 내내 엎드려 뭔가를 연습장에 끼적이기만 했다.

엄마 말대로 되었구나, 깨닫자 속이 뒤집혔다. 서빈이가 자기 엄마에게 말할까, 소원이 이제 걔랑 안 놀더라고. 그럼 서빈이네 아줌마가 엄마에게 말할 거고 엄마는 만족하겠지. 우리 착한 딸

소원이는 역시 말도 잘 듣는다고. 메스꺼워. 싫어. 그건 아니잖아.

연습장 한 귀퉁이를 접고 또 접는데, 희나와 함께 적었던 세타나인 노래 제목들이 나왔다. 파란 건 내 글씨, 검은 건 희나 글씨. 혹시 나를 생각한다면, 잊을게, 그날의 기억. 갑작스레 눈물이 날 것 같았다. 오른손 엄지손가락을 꽉 깨물고 참았다. 그런데 희나 넌 왜, 나한테 말을 안 거는 건데?

3교시가 시작된 지 얼마 되지 않았을 때였다. 희나가 책상 서랍에서 핸드폰을 꺼내 확인하는 걸 봤다. 희나는 핸드폰을 두 개 들고 다닌다. 쓰지 않는 걸 내고, 자기 건 그냥 가지고 있다.

갑자기 희나가 벌떡 일어났다. 칠판에 뭘 적고 있던 수학 선생님도 깜짝 놀라 돌아섰다.

"정희나, 뭐야?"

희나는 대답하지 않고, 가방도 챙기지 않고 그대로 걸어 교실 밖으로 나가 버렸다. 아이들의 수군거림으로 교실이 시끄러워졌다.

"쟤 왜 저래? 장소원, 무슨 일이야?"

선생님의 질문에 나 대신 뒤에서 누군가 말했다.

"쌤, 신경 쓰지 마세요. 쟤 원래 또라이예요."

교실 곳곳에서 신경질적인 웃음이 터졌다. 나는 고개를 숙였다. 내가 욕을 먹은 것처럼 얼굴이 화끈거렸다.

3교시 쉬는 시간이 끝날 무렵이었다. 한 아이가 교실 앞문을 박차고 들어오면서 외쳤다.

　"야! 세타나인 해체한대!"

　순간 교실에 정적이 흘렀다가, 누가 큐를 주기라도 한 것처럼 비명들이 터져 나왔다.

　"말도 안 돼, 내일 콘서트 하잖아."

　"그게 마지막 콘서트래. 에이콘이라고 했잖아, 그 에이가 아듀의 에이라는데!"

　뎅— 누가 내 머리를 잡고 큰 종에 들이박은 것 같았다. 귀가 먹먹해져서 모든 말들이 멀리서 들렸다. 제드가…… 서하가…… 세타나인이…… 뭐라고? 그게 무슨 뜻이야? 아니, 단어의 뜻 말고, 그게 진짜로 의미하는 게 뭐야?

　4교시 선생님이 들어와 단체기합을 주었지만 아이들은 가라앉지 않았다. 너네 왜 그러냐고, 선생님이 하소연하듯 물었던 것 같다.

　주번이 핸드폰 상자를 들고 돌아오자마자 모두 검색에 들어갔다. 기사에는 해체라는 단어가 끝도 없이 반복되고 있었다.

　원래 걔네 사이 안 좋았대.

　서하가 유학 간대.

　제드가 결혼한다는데? 그때 그 여자랑 계속 만나고 있었대, 벌써 임신했대!

아니지. 아닐 거야. 교실 밖으로 나와서 희나에게 전화를 걸었다. 붙들 곳은 희나밖에 없었다.

"희나야, 너 어디야?"

— 마포인데. 여기, 회사 앞에.

목이 콱 막혔다. 희나가 거기까지 갔다는 게 뭘 뜻하는지, 알기 싫었다.

"그거…… 진짜야?"

목소리가 떨리고 몸이 막 떨렸다.

— 확인 중이야. 이따 연락할게.

뚝. 전화가 끊겼다.

이게 있을 수가 있는 일일까.

평생 함께해요, 지난달 서하 오빠 생일에 SNS에 올라온 사진과 글. 코끝에 하얀 생크림을 묻힌 채로 제드 오빠와 어깨동무를 하고 웃고 있었는데. 뭘 하든 마음이 통하니까요, 소울 메이트죠. 컴백 기념 잡지 인터뷰에서 제드 오빠가 했던 말. 서로의 그림자가 된 것처럼 딱 맞춰 추던 춤. 고마워, 사랑해, 들어줘, 기다려, 약속할게……. 노래 속의 그 많은 선언과 약속들.

집에 돌아가서 검색을 하고 또 했다. 팬페이지에도 새 글이 너무나 많았다. 해체. 위기. 결별. 불화……. 이건 내가 아는 세타나

인이 아니었다. 너무 낯설었다. 누군가 다 거짓말이라고 말해 주
길 기다리며 계속 새로 고침을 눌렀다. 엄마가 저녁 먹으라고 불
렀던 것 같은데 됐다고 소릴 질렀다.

몇 시간이 흘렀을까. 눈이 아팠다. 눈물이 고였다.

컴퓨터를 꺼 버렸다. 전등도 끄고 침대 옆에 앉아 무릎을 감싸
고 고개를 파묻었다.

이게 진짜라면…….

무서웠다. 그 무서움이 압도적이어서 다른 것들은 다 덮어 버렸
다. 희나가 사생이든, 블로그를 못하게 되든, 콘서트를 못 가게 되
든…… 세타나인이 없어지면 고민할 일 자체가 없어진다.

이렇게 끝난다고? 이렇게 어이없이? 난 충분히 고민하지도 못했
어. 내 감정들을 정리하지도, 아직 바닥까지 내려가지도 않았다고.

무거운 추, 나의 무게 중심. 너무 많은 의미를 거기 담아 놓아
서, 그게 내 받침이 되고 내가 디디는 땅이 되어 있어서, 땅이 없
어지면 어디다 발을 디뎌야 하나. 발밑이 출렁여서 정신을 차릴
수가 없었다. 멀미가 났다. 토할 것 같았다.

얼마나 그러고 있었을까. 진동, 반짝이는 빛. 희나의 문자.

— 사실 아니래. 안심해도 돼.

핸드폰 액정의 빛만큼의 희망이 보였다. 우습게도 난 그 순간에

희나가 진짜 사생이길, 그래서 진짜 맞는 정보를 얻었기를 간절하게 바랐다.

다시 컴퓨터를 켜고 기다렸다. 새벽 두 시에 소속사 발표문이 떴다.

'사실무근입니다. 콘서트 준비에 여념이 없는 상황에서 듣게 된 루머에 세타나인도 당황하고 있습니다…….'

긴장이 턱 풀렸다. 몇 번이나 반복해 읽으면서 확인했다. 모든 팬블로그와 팬페이지들도 일시 정지되었다가 봇물 터지듯 안도의 글로 채워지고 있었다.

아니지, 아니었어. 당연하지, 그럴 리가 없잖아. 그래도 마음이 놓이거나 하지는 않았다. 지옥까지 떨어지는 건 순식간이었는데 기어오르는 건 아무리 천국행 티켓을 돌려받았어도 쉽게 되지 않았다.

희나에게 답장은 보내야 한다. 뭐라고 할까. 알려 줘서 고마워? 그럼 그렇지? 내일 만나자? 지웠다가 다시 쓰는 것을 반복했다. 며칠 동안 말 한 마디 안 하고 무시하다가 급하니까 문자를 보낸 나의 뻔뻔함이 역겨웠다.

— 다행이다, 그치? 내일 보자.

— 나는 일찍 가 있을 거야. 편한 시간에 와. 굿즈 사 놓을게.

아무 일도 없었던 것 같은 희나의 대답. 내가 밀어내면 그대로 밀리고 당기면 그대로 당겨지는 거야? 나더러 어떻게 하라고.

　선잠을 자다 깨다 하다가, 아침에 엄마 아빠가 새벽 기도에서 돌아오는 소리에 일어났다. 곧바로 핸드폰을 잡고 루머일 뿐이라는 걸 다시 확인했다. 해명 기사 사이에 아니 땐 굴뚝에 연기 나랴, 하는 추측성 기사가 있어 읽다 말았다.

　빨리 가고 싶었는데 눈치를 보느라 9시에 나섰다. 변명은 흔하게, 도서관 간다고.

　"소원이 너, 무슨 일 있는 거 아니지?"

　엄마가 날 붙잡았다. 어제 그 난리를 쳤으니 걱정할 만도 하다. 무슨 일은 오늘 밤에 일어나게 될 텐데. 거짓말을 꾸며 낼 힘이 남아 있지 않아서 난 그냥 말없이 가는 걸 택했다.

　"아무 일 없어요."

　"진짜지? 누가 너 괴롭히고 그런 거 아니지?"

　픽, 웃음이 났다. 괴롭히는 거? 모르는 사람들이 내가 사생이랑 어울린다고 날 괴롭혀요. 그게 아니라, 내 짝이 있는데 내가 걔를 따돌린 거 같아요. 아니, 엄마, 내가 세타나인을 진짜 좋아하는데 해체한다는 헛소문이 돌았단 말이에요……. 뭐라고 말할 수 있을까.

　엄마는 내 웃음에 안심한 것 같았다.

　"엄마 아빤 이따 저녁에 목사님 댁 들렀다 올 거야. 너무 늦게

186

오진 말고."

네, 대답하고 옆으로 치워 놓는다. 쉽다. 어제 겪은 지옥에 비하면 쉽지 않은 일이 없었다. 딱 하나, 희나를 마주하는 일 말고는.

공연장에 도착했을 때는 11시가 가까운 시간이었다. 벌써부터 몰려든 사람들 사이로, 하얀 모자에 하얀 긴 티를 입은 희나가 조명을 비춘 것처럼 바로 눈에 띄었다.

희나가 봉투를 내밀었다. 굿즈는 벌써 다 매진이었는데 가장 인기 많다는 야광봉이랑 모자가 들어 있었다.

"어떻게 샀어? 몇 시에 왔어?"

"그냥 밤샜어."

희나는 아무렇지 않게 대답했다. 너희 부모님은 뭐라고 안 그러셔? 당연한 질문이 어려웠다. 희나의 모든 행동과 말들이 마음에 걸렸다. 친언니랑은 왜 얘기도 안 할 정도로 틀어졌는지, 학교 잘 안 오는 걸 집에선 알고 있는지.

"너 괜히 일찍 왔다. 이제 한참 기다릴 일만 남았는데."

희나는 익숙하게 몇 블록 떨어진 맥도날드로 향했다. 이미 자리 잡고 앉은 아이들이 많았다.

마주 앉자 얼굴을 오랜만에 본다는 생각이 들었다. 문득 다른 테이블에 앉아 있는, 세타나인 콘서트를 보러 온 게 확실한 아이들이 신경 쓰였다. 나를 알고 희나를 아는 애들이면 어쩌지? 역시 위시트리는 사생이랑 친구였어, 이런 말이 나오면……

동시에 그런 걸 생각하고 있는 나 자신이 너무너무 싫었다. 지금 내가 정말 생각해야 하는 건 다른 걸 텐데.

"너, 왜 이렇게 나한테 잘해 줘?"

희나의 손이 멈칫하는 걸 봤다. 너도 날 모르잖아. 세타나인 말고는 우린 공통점도 없어. 공통점을 찾을 만큼 오랜 시간을 보낸 것도 아니고.

"요즘은 아니야."

희나는 엉뚱한 대답을 했다.

"예전엔 그랬는데…… 윤지 언니 알게 되고 그러면서 접었어. 그때 알게 된 애들이랑 연락은 하지만, 나는, 아니야."

묻지도 않은 질문에 대한, 가장 듣고 싶었던 대답.

내가 왜 모르는 척했는지 알고 있었구나. 희나만큼 정보에 빠른 아이가 모를 리가 없었겠지. 수북이 쌓인 감자튀김에서 눈을 뗄 수가 없었다. 대답을 듣고 싶었는데, 다행히도 아니라는 대답이었는데 기분이 점점 더 엉망이 되어 갔다.

"……미안."

희나가 말했다.

사과 말고 차라리 나한테 화를 냈으면 했다. 왜 물어보지도 않고 혼자 삐져 있냐고 따져 물었다면 내가 미안하다고 하고 끝날 일인데. 이렇게는 절대 끝나지 않는다.

"쫑히! 쫑히 친구도 안녕!"

우르르, 희나를 아는 애들이 몰려오는 바람에 말이 끊겼다. 기획사 앞에서 봤던 애들. 어정쩡하게 인사를 하는데, 희나가 곤란한 얼굴로 내 눈치를 보았다. 아, 혹시 애들이…….

"야, 니들 딴 데 앉아라."

"딴 데 자리 없어. 왜, 좀 같이 앉자. 친구가 싫대?"

"그럼 우리 나갈래."

희나가 가방을 들고 일어나려는데,

"괜찮은데."

내가 불쑥 말했다.

"괜찮지? 그럼 앉는다!"

자리가 부족해서 껴 앉았다. 희나는 말이 없어지고 애들은 줄곧 떠들어 댔다. 어디서 얻은 건지 오늘 공연 세트리스트까지 가지고서.

"이거 뭐지? 신곡인가?"

"아니, 연습생들하고 뭐 한다 그랬는데 그거일걸. 벌써부터 끼워팔기야, 딴 애들 나오는 거 싫은데."

그 와중에 누가 해체설을 이야기하니까 분위기가 안 좋아졌다.

"야, 그거 아니라고 공식 발표까지 났는데 그 이야기를 또 해야겠냐? 재수 없게?"

"근데, 콘서트에서 깜짝 발표 할 거라고……."

"아, 글쎄, 아니라잖아! 상식적으로 세타나인이 왜 해체를 하냐? 여기까지 어떻게 올라왔는데!"

"야, 쫑히. 넌 어떻게 생각해?"

애들이 이쪽에 앉은 뒤 처음으로, 희나가 입을 열었다.

"믿으라면 믿어야지. 속아 달라면 속아 주는 거고. 여기서 우리가 이런 소리 해 봤자 뭐가 달라지냐."

"어쭈, 보살 나셨네. 하긴, 넌 바로 갈아타면 될 테니까."

"야."

툭, 자기들끼리 어깨를 치고 입을 다물었다. 갈아타다니, 팬들 사이에서는 아주 심한 욕이나 다름없는 말. 하지만 희나는 화도 내지 않고 멍하니 창밖을 바라볼 뿐이었다.

마치…… 세타나인에 대해 한 말이 아니라 나한테 한 말 같았다.

나는, 희나가 믿어 달라고 하면 믿을 건가.

내가 뭘 보고. 너 나랑 말한 지 얼마 되지도 않았어. 지금 봐, 네 친구인 것처럼 보였던 아이들도 너를 비꼬잖아. 너는 학교도 제대로 다니지 않고 반에 친구 하나 없어. 하나 있을 뻔했지……. 그게 바로 나.

갑자기 눈물이 날 것 같아서 황급히 자리에서 일어났다.

"나, 화장실 좀."

얼굴을 막 씻었다.

희나는 뭘 보고 날 받아들였을까. 왜 날 데리고 다니고 알려 줬을까. 갑자기 〈밤의 창문〉이 생각났다. 그 노래를 알아봐서 내가 희나를 믿었듯이, 희나도 그때 나를 믿어 보자고 결심했을까. 지금 나는 그 믿음에 대해 어떻게 행동하고 있나.

시간은 기어가듯 느리게 흘렀다. 공연장 앞에 줄을 설 때는 희나 아는 애들은 다 뿔뿔이 흩어져서 우리 둘만 같은 구역 줄이었다. 우리 앞뒤로는 중국인 팬들이었다. 낯선 언어를 듣고 있으니 여기가 어딘지도 모호해졌다.

"재밌게 놀자. 이왕 왔으니까."

이왕이라니, 진짜 듣기 싫었지만 희나 말이 맞았다.

그토록 원하던 콘서트장에 들어가서도 영 집중이 되지 않았다. 커다란 전광판에 뮤직비디오가 연달아 나오고, 가슴을 울리는 커다란 음악 소리에 더해 사람들의 환호성, 충분히 들뜰 만한 상황이었는데.

무감각한 기분으로 엄마에게 문자를 보냈다.

— 콘서트 보러 왔어요. 10시쯤 끝난대요. 끝나고 전화할게요.

죄송해요, 라는 말을 붙일까 말까 하다가 안 붙였다. 이게 정말

죄송한 일인지도 모르겠으니까. 그러곤 핸드폰은 꺼 버렸다. 이제 될 대로 되라지.

마침내 인트로 영상이 시작되고, 익숙하면서도 낯선 리듬의 곡이 흘러나오고, 쾅, 벼락이 치는 것 같은 번쩍이는 푸른 조명과 함께 무대에 세타나인이 나타났을 때. 꺅— 사람들이 동시에 소리를 질렀다. 머리가 울릴 정도로 큰 소리였다.

첫 곡 〈Get Over U〉로 시작해서 몇 곡이 지나갈 때까지. 나는 여전히 가라앉아 있었다. 분명 좋긴 했다. 하지만 머리 한쪽으로는 다른 생각들이 흘러갔다. 콘서트를 보고 있는 나와 한 걸음 떨어진 곳에서 이성적으로 그 상황을 지켜보는 내가 따로 있는 것 같았다.

오프닝 멘트를 하고, 몇 곡의 노래를 더 부르고, 특별 영상이 흐르고, 옷을 갈아입은 두 사람이 나왔다. 서하 오빠가 마이크를 잡았다.

모두 행복하시죠?

네! 공연장이 울리도록, 모두가 한 목소리로 대답했다. 제드 오빠가 자기도 행복하다며 한마디 거들자 공연장이 환호성으로 들썩거렸다.

그런데, 이상한 말이 이어진다.

삼 년이란 시간이 너무 짧게 느껴지도록 숨 가쁘게 달려왔습니

192

다. 지나고 보니 그 시간의 무게가 새삼 느껴지네요. 그동안 함께 해 주셔서 감사합니다.

환호성이 터져 나왔어야 할 타이밍이지만, 공연장 안의 끓어오르던 열기가 순식간에 가라앉았다. 꼭…… 작별 인사를 하는 것 같은 멘트였다.

저희 세타나인은—

말도 안 돼. 그럴 리가 없다.

여러분을 정말 사랑합니다.

여러분도 저희 사랑하죠?

제드 오빠가 끼어들어 농담을 던져도 가느다란 목소리가 관객석 이곳저곳에서 튀어나올 뿐 침묵은 계속되었다. 소속사 발표가 거짓말이었나? 루머가 사실이었나? 이 자리에서 발표하려는 건가?

머릿속이 하얗게 비었다. 그 빈 공간에 비명이 메아리쳤다. 안 돼, 안 돼, 안 돼.

그 사랑에 보답하도록 앞으로도 최선을 다하는 세타나인이 되겠습니다.

참았던 숨이 툭 흘러나왔다. 나도 모르게 소리를 질렀다. 대답인지, 맘 졸인 것에 대한 원망인지, 안도의 환호인지 모를 모두의 외침 속에서 다시금 열기가 끓어올랐다.

앞으로도 함께해 주실 거죠?

와아— 그 환호성은 지금까지와는 아주 달랐다. 환호성이 오랫동안 끊이지 않아서 제드 오빠가 몇 번이나 멘트를 놓친 끝에 말을 시작했다.

이번 순서는 아주 특별한데요, 깜짝 선물이죠. 서하 씨가 오랫동안 숨겨 온 노래를 여러분께 선물할 거예요. 저도 예전부터 좋아해 온 노래입니다. 밤의 창문, 서하입니다.

제드 오빠가 어둠 속으로 잠기고, 동시에 무대 한쪽이 밝아졌다. 서하 오빠가 하얀 피아노로 걸어가 앉았다. 낯선 듯 낯익은 멜로디가 들려왔다.

온몸에 전율이 인다. 아까 사생 애들이 입수한 세트리스트에는 없었던 노래. 나의 노래.

방송에서보다 훨씬 안정되고 풍성한 목소리로, 서하 오빠가 노래한다.

이런 밤이면 난 창문을 열어
낮보다 눈부신 어둠을 봐요
지상의 빛들은 별보다 아름답죠
당신이 그 어딘가 있을 것을 믿어요

하루의 끝은 밤의 시작이 되고

난 어둠에 잠겨 그대를 생각하죠

거친 결에 쓸려 상처 난 손으로

아름다운 것을 만들 수 있을까

나는 내가 울고 있는 줄도 몰랐다. 무대가 어룽지고 빛으로 뭉개져서, 그제야 알았다.

세타나인도 내가 바랐던 것처럼 완벽하지 않고 우리 모두가 그래.

위시트리. 나의 솔직함. 나의 거짓. 나의 변명. 나의 보물. 뭔가 잔뜩, 더덕더덕 기워 붙인 것. 근데…… 소중했던 건 거짓이 아니다.

목 안이 시리게 아팠다. 좋아해. 이 말의 뜻을 이젠 모르겠어. 다만 하나는 확실해. 뜻을 몰라도, 숨어서 겨우 하는 말일지라도 정말로 좋아하고 있어.

이런 밤이면 난 창문을 열어

이 어둠을 숨 쉬며 그댈 찾아요

아침이 다가오는 것은 두렵지 않죠

열린 창문 너머 세상을 알아요

서하 오빠가 노래를 멈추고 피아노로 고개를 숙인다. 영원히 끝나지 않을 것 같던 멜로디가 서서히 느려지고, 마침내 노래가 멈추었을 때, 그때부터 진짜로 콘서트를 봤다.

음 속에서, 리듬 속에서, 내가 가장 좋아하는 노래와 사람들을 듣고 보았다.

가사 한 구절 한 구절, 악기의 음들까지도 외워 버린 노래들 속에 온전히 싸여서, 마음이 일렁이고, 눈물이 가득 차오르는 것도 같고, 막 웃고 싶기도 했다.

한 곡이 끝나고 다음 곡이 시작되는 게 아니라 그 전체가 하나의 커다란 덩어리로 내게 와 부딪치는 것 같았다. 압도적이고, 그러나 부드럽고, 휩쓸려 갈 것 같지만 단단히 나를 붙들어 주는. 창이 열리고, 아니, 벽이 무너지고, 저 밤과 내가 하나가 되어서.

이상하게도 마음에 거슬리는 게 하나도 없었다. 엄마에게 말하지 못하고 여기 왔다는 것도, 희나에게 제대로 사과하지 못한 것도, 나를 욕하는 사람들이 있다는 것도 그 순간에는 아주 흐리고 옅은 것으로, 그래서 내게 아무 영향을 미칠 수 없는 것처럼 느껴졌다. 장소원과 위시트리를 가를 것도 없고 뭐가 현실이고 아니고를 따질 필요도 없이, 그대로 있기만 하면 되었다.

마지막 곡은 〈따라와〉. 세타나인은 퇴장했다가 돌아와서 앵콜곡 두 곡을 불렀다. 그리고 정말로 무대를 떠났다.

196

공연장 전체에 조명이 들어오고서야 다 끝났다는 걸 알았다. 전광판이 꺼지고 방금 전까지 우리를 감싸 주었던 어둠이 사라지자 벌거벗겨진 것 같아 몸을 움츠렸다. 희나가 말했다.

"좋았지."

그렇게 물어보니까 기껏 다스렸던 눈물이 또 왈칵 쏟아졌다. 희나 쪽은 쳐다보지도 못하고 소맷자락으로 눈물을 닦는데 스피커에서 노래가 나오기 시작했다. 세타나인의 팬송, 〈우리가 함께 있을 때〉.

너와 함께 있을 때 나는 자신을 얻어
어깨를 펴고 당당히 걸을 수 있지

두 손에 얼굴을 묻고 멍하니 생각했다. 내 마음을 부정하고 나면 남는 건 없는 거겠지.

세타나인이 변해도 내 마음이 변하지 않으면 이 모든 건 이대로 유지될 수 있다. 실제의 서하 오빠와 제드 오빠가 내가 생각한 사람이 아니더라도, 내가 쌓아 온 그 모든 게 허상에 기초한 거라 해도, 내가 눈감고 있다면.

하지만 그들이 아무리 그대로이고, 더 나아진다 해도 내 마음이 변하면 다 끝나 버리는 거다.

197

그게, 너무 슬펐다.

언젠가 내가 내 마음을 조용히 접는 날이 올까. 모든 건 영원하지 않다는 그 뻔한 말을 이제야 실감한다. 아무리 뻔한 말이라 해도 진짜 느끼고 깨닫고 나면 뻔하지 않다는 것도.

희나가 먼저 자리에서 일어났다.

"난 윤지 언니네서 자기로 했는데. 같이 갈래?"

그 말을 듣고서야 핸드폰을 꺼 놨었다는 게 생각났다.

"아니…… . 집에 가야 돼."

그러고도 전원을 켤 마음이 나지 않았다. 폭탄처럼 쏟아져 내릴 말들을 어떻게 감당할까. 지금의 이 기분을 아직은 망치고 싶지 않았다.

희나가 머뭇머뭇 말했다.

"어…… . 같이 갈까? 혼자 가려면 심심하잖아. 먼데."

여전히 너는 나를 생각해 주고.

"음악 들으면서 가면 돼. 근데…… 희나야."

난 희나에게 실망할 자격이 없다. 실망하려면, 그전에 먼저 친구가 되어야 하는 거니까. 친구가 되려면, 알아야 하는 거니까.

"미안해."

네 마음을 다치게 한 것이, 믿어 주지 못한 것이, 함께한 시간들을 쉽게 버리려 했던 것이 미안해.

희나는 대답하지 않고 텅 빈 무대를 바라보았다.

갑자기 묻고 싶었다. 너는 왜 세타나인이 좋아? 떠보려는 거 아니고, 그냥 진심으로 알고 싶었다. 그러니까…….

너는, 어떤 아이야?

달라도 결국엔 똑같은 질문. 너는 지금까지 어떻게 살았니, 학교는 왜 싫은 거니, 너희 집은 어떤 집이니…….

그냥, 세타나인을 좋아하는 너에 대해 알고 싶어.

어쩌면 우리는 다시 서먹해질지도 몰라. 2학기가 시작되어 짝이 바뀌면 얘기도 안 하던 시절로 돌아갈지도 모르지. 내년에 반이 바뀌면 복도에서 인사나 건네고 말게 될지도 몰라. 그사이에 난, 혹은 넌 더 이상 세타나인을 이토록 좋아하지 않게 될지도 모르고.

아니, 그건 너무 가슴 아픈 생각이니까 상상하지 않을래.

내가 말하고 싶은 건 말이야……. 그렇게 될지도 모르니까, 아직 그렇게 되지 않은 지금, 진짜 친구로 지내고 싶다는 거야.

지금 세타나인을 있는 힘껏 좋아하는 마음처럼.

들어봐 지금 이렇게 노래하잖아
우리가 손을 잡으면 무엇도 두렵지 않아

노래의 마지막 구절을 들으면서 우리는 말없이 밖으로 걸어 나왔다. 바깥은 어두웠다. 세타나인을 좋아하게 된 후로 한 번도 어둠을 두려워해 본 적이 없다. 차라리 용기를 주는 어둠 속에서 나는 앞서 걷는 희나의 손을 잡았다.

"……가자."

희나는 내 손을 잡은 채 걸었다. 뿌리치지 않았다는 것에 안도했다.

반대쪽 손으로 주머니 속 핸드폰의 전원을 켰다. 예상대로 문자들이 밀려들어 거듭 진동이 울렸다.

닥치면 그때 생각하자. 다른 무엇보다 돌아가면 글을 써야 한다. 희나를 위한 변명과 내 잘못에 대한 사과. 제 친구가 맞습니다만, 이제는 그런 짓을 하지 않습니다. 속이고 들어간 건 제 잘못입니다, 저 때문에 피해 보시고 기분 상하신 분들께 사과드립니다……

그 정도로 오해를 풀 수 있을까. 삼백서른두 개의 글을 모두 비공개로 돌릴 각오를 한다. 이상하게도 지금은 감당할 수 있을 것 같다.

되찾은 밤 속에서, 나는 희나의 손을 힘주어 잡았다.

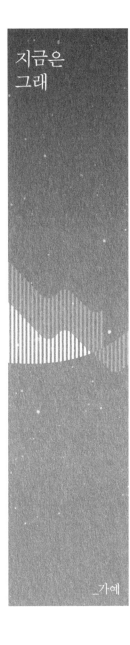

지금은
그래

_가예

이것도 재밌을 것 같은데. 여름맞이 신작 영화가 꽤 나왔다. 개봉 예정인 것까지 체크. 어디 보자……. 공포 영화는 안 되겠지, 언니가 못 보니까. SF로 할까. 언니는 우주나 과학자가 나오면 일단 좋아하니까.

잠깐만 찾아본다는 걸 삼십 분째 보고 있다. 시험 때는 꼭 이렇더라, 당장 급한 것도 아닌 거 찾아본다. 줄거리가 하나같이 재밌어 보이는 것도 시험 효과.

문밖에서 엄마 목소리가 들렸다.

"가예야, 나와서 전화 받아 봐. 막내 삼촌."

"나 바빠, 톡하라 그래. 무슨 전화."

영화관 위치도 중요하다. 영화 끝나고 밥을 먹을 거니까, 근처에 음식점 많은 데로. 작년엔 신촌으로 갔으니까 이번엔…….

"삼촌 일하는 중이래, 빨리 받아 봐."

"일하는데 전화를 왜 해."

"이가예!"

엄마 목소리가 한 톤 높아진 다음에야 방을 나섰다. 어떤 집은 시험 기간에는 전화벨도 무음으로 해 놓는다는데 우리 집은 왜 이래.

꼭 한 소리 듣고야 하지, 엄마 후렴구는 무시해 주고 수화기를 들었다.

— 가예야, 세타나인 알지? 좋아하지?

하다 하다 이제 막내 삼촌까지 세타나인 타령인가. 심드렁하게 대답했다.

"안 좋아하는데."

— 아, 진짜? 어쩌지? 너 친구 중에 세타나인 좋아하는 애 있어?

"없어. 내 친구들은 아이돌 안 좋아해."

— 아, 진짜? 아……. 가예야, 그냥 너 좋아하는 거처럼 인터뷰 하나만 따 주면 안 돼?

방송국 기자로 갓 입사한 막내 삼촌이, 세타나인 좋아하는 고등학생 인터뷰를 따야 한다는 거다. 할 말은 삼촌이 다 적어 줄 테니까 카메라 앞에서 말만 해 달라는 걸 언론인이 삥이나 치냐고 대꾸해 줬다.

엄마한테 전화를 넘겼는데 한참 또 통화를 하는 게 심상치 않다. 난 안 해, 그거 애들이 보면 얼마나 놀리겠어. 전화를 끊은 엄마는 날 한 번 흘겨봤지만, 내 고집을 아니까 뭐라곤 더 안 한다.

"우리 딸, 공부하느라 힘들지. 옥수수 먹고 해."

아빠가 찐 옥수수를 들고 와서 옆에 앉았다. 늘 하던 대로 아빠가 한 알씩 빼 주는 걸 주워 먹는데, 엄마가 말했다.

"여보, 애보고 그냥 먹으라 그래."

우리 집의 오랜 논쟁거리 중 하나다. 애기 때부터 아빠가 그렇게 해 줘서 난 한 번도 옥수수를 직접 입으로 뜯어 먹어 본 적이 없다. 엄마는 그게 그렇게 꼴 보기 싫은가 보다. 소심한 반항의 의미로 슬그머니 탁자에 발을 올렸다. 정확히는, 엄마가 만든 퀼트 테이블보 위에.

"이가예!"

엄마 잔소리를 막아 주는 건 언제나 아빠. 엄마에게 옥수수를 건네며 아빠가 물었다.

"자기도 먹어요. 종훈이는 왜, 뭐래?"

자초지종을 들은 아빠가 말했다.

"윤지가 세타나인 좋아하지 않아? 윤지더러 해 달래지. 아, 윤지는 대학생이라 안 되나?"

"윤지 졸업했어요, 이번에 취업도 했고. 무슨 큰 출판사래. 하긴, 윤지가 고등학생 중에 세타나인 좋아하는 애 알겠다."

엄마 말에 딱 떠오르는 얼굴이 있긴 하다. 만날 윤지 언니네 들락날락하는 애. 나랑 동갑이라고, 친하게 지내면 좋겠다고 언니는 그랬지만 딱 봐도 날티 나는 게 진짜 내 취향 아니다.

아빠가 텔레비전 소리를 키우며 말했다.

"그냥 연결시켜 줘, 종훈이도 여자 친구 없을걸."

"무슨 소리야!"

빽 소리를 질렀다. 아빠가 어이쿠 놀라며 리모컨을 떨어뜨렸다.

"왜, 윤지 남자 친구 있어?"

없다. 없겠지. 내가 아는 한은 없는데……. 엄마는 반색했다.

"그럴까, 우리는 모르는 척하고 알아서 하라고 그럴까?"

"아, 싫다고!"

"네가 싫을 게 뭐가 있니? 하여간 쟤는 윤지 얘기만 나오면."

"들어 봐, 가예야. 둘이 잘되면 윤지가 숙모 되는 건데, 너 윤지 좋아하잖아."

"싫어, 싫어, 싫어!"

종훈이 삼촌과 윤지 언니가? 생각하기도 싫다. 둘이 진짜 소개 팅이라도 한다면 내가 나가서 뜯어말릴 거다. 어디다 감히 종훈 삼촌을 대나.

　윤지 언니는 내겐 진짜 특별하다.

　일곱 살 때, 지금 이 아파트로 이사 왔을 때 앞집 윤지 언니는 중학생이었다. 엄마는 그땐 지금처럼 가르치는 입장이 아니라 퀼트를 막 배우러 다닐 때였는데, 강의 들으러 가거나 천 사러 가거나 할 때마다 날 앞집에 맡겼다. 유치원생 꼬맹이를 데리고 놀아 준 윤지 언니는 천사다. 나 같으면 절대 못할 거다.

　언니도 나도 외동이고 엄마 아빠들끼리도 마음이 잘 맞아서 진짜 가깝게 지냈다. 여름휴가 맞춰서 같이 캠핑 간 적도 있고 과일도 상자째 사서 나눈다. 명절 때는 아예 현관문을 열어 놓고 양쪽 집을 오가면서 음식도 같이 만든다. 이웃사촌이란 말이 딱이라고, 요즘 참 보기 드문 이웃이라고 이모가 말한 적도 있다.

　어렸을 땐 언니 방이 꼭 보물창고 같았다. 언니가 동그란 빈 쿠키 상자를 열어 그 안에 수북이 쌓인 스티커를 보여 줬던 건 아직도 생생하다. 군침만 삼키는 내게 반짝이는 스티커 몇 장을 나눠 주었는데.

　만화책도 많고, 그냥 책도 많고, 애니메이션 디비디랑 인형도 많아서 그 방에 있으면 심심할 틈이 없었다.

　뭐든 새로운 경험은 윤지 언니가 다 하게 해 줬다. 처음으로 카페에서 커피를 마셔 본 것도, 대학에 놀러 가 본 것도. 중고생은 한 명도 오지 않는 특이한 전시회나 공연 같은 것도 많이 봤다. 엄마는 그래서 내가 어른인 척한다고 못마땅해하지만 엄마도 정작 필요할 때마다 윤지 언니를 찾는다.

대표적인 예가 중학교 때 영어 수학 과외 받은 거. 1학년 첫 시험에서 엄청 망치고 난 다음에 엄마가 나를 언니에게 맡겼다. 엄마가 과외비는 제대로 줬으려나 의심스럽다. 친하다고 대충 용돈 정도 주고 말았을지도.

고등학생이 된 지금도 엄마는 언니한테 과외를 맡기고 싶어 했지만 언니가 취직을 하는 바람에 무산됐다. 무슨 회사가 야근을 밥 먹듯이 하고 주말에 나갈 때도 있다.

시간이야 내면 못 낼까. 하지만 언니에게도 언니 인생이 있지……. 바로 세타나인.

시계를 봤다. 열시 반. 지금쯤은 왔겠지. 문자 먼저 보내 볼까 하다가 그냥 나왔다. 이 밤중에 어디 가냐고 하는 엄마한테는 윤지 언니네, 하면 끝. 현관문을 열면 바로 앞에 1402호가 언니네 집. 비밀번호도 서로 다 안다. 문 두드리고, 아줌마 저 왔어요, 하면 어, 열고 들어와! 그러신다.

"가예 왔니? 언니는 또 뭐 본댄다."

방문을 살짝 열어 보니 언니는 책상 의자에 양반다리를 하고 앉아서 헤드폰을 쓰고 노트북을 보고 있다. 뻔하지, 세타나인 영상을 보고 있겠지.

천천히 문 안으로 들어서는데 언니는 내가 온 것도 모른다. 그대로 침대 위에 살그머니 올라가 앉았다. 방금 감았는지 물기가 남은 머리카락 너머로 화면이 보인다. 요즘 목요일마다 케이블에서 하는 세타나인 리얼리티다.

언니네 가족도 다 알고 우리 집에서도 다 안다, 언니가 세타나인 팬이라는 거. 앨범은 나오는 대로 다 사고 콘서트도 다 가고 팬사인회도 간다. 벽에는 포스터들, 저 헤드폰도 세타나인 로고가 박힌 한정판이고, 책상 위에 놓인 키링은 팬클럽 가입하면 주는 거랬고, 노트북은 세타나인이 선전하는 브랜드고.

그중에서 언니가 제일 아끼는 건 5년 전에 제드와 서하와 함께 찍은 사진이다. 함께 액자에 들어 있는 종이에는 정직하달까, 밋밋한 사인 두 개, 세타나인으로 데뷔하기 전 사인이다. 다른 아이돌 그룹을 하다 망한 제드와 언더 무대에만 섰던 서하가 함께 홍대에서 공연을 시작했던 그 시절부터 쭉, 언니는 두 사람을 좋아했고, 따라다녔고, 나는 그런 언니를 옆에서 봤다.

다른 사람은 모르고 나만 아는 것도 있다. 언니가 사인회 응모를 위해 산 시디가 지금까지 이백 장도 넘는다는 것. 언니 덕에 나도 세타나인 시디는 한 장도 빠짐없이 다 가지고 있다. 중학교 때는 멋모르고 몇 장씩 가져가서 친구도 주고 했는데, 뭘 모르는 엄마가, 내가 언니한테 시디 사 달라고 한 줄 알고 야단을 쳤다. 그게 아니라 언니한테 엄청 많다고! 하는 말은 어린 나이에도 어쩐지 하면 안 되는 말 같아서 그냥 그 야단을 다 들어 먹었다.

지금 팔면 오만 원도 넘는다는 한정판 앨범까지 있다. 작년에 집에 놀러 왔던 친구가 완전 부러워했었다. 뜯지도 않았으니 상태는 최상이다. 친구는 자기한테 팔라고까지 했는데, 윤지 언니가 준 거니까 그럴 순 없다.

언니는 세타나인 가지고 소설도 쓴다. 그건 나한테도 비밀이었는데 재작년에 언니 컴퓨터 화면에 떠 있던 글을 읽고 알았다. 처음엔 멋모르고 재밌어서 봤는데 보다 보니 이건 좀 이상한 게……. 주인공이 세타나인 두 사람이고 둘이 결국엔 사랑을 한다. 학교에서 애들이 돌려 가며 읽는 그런 이상한 소설을 누가 쓰나 했는데 바로 내 옆에 있을 줄이야.

좋은 대학 나와서 바로 취직도 하고, 평소엔 털털하게 하고 다녀도 꾸미면 딱 예쁘고. 언니는 누가 봐도 완벽한 엄친딸이다, 세타나인만 빼면. 근데 뺄 수 없다는 게 문제지. 엄마가 이런 것까지 알면 과연 종훈 삼촌 소개시키겠다는 소리가 나올까?

"아, 진짜 장난 아니다."

언니가 소리 내어 웃는 바람에 내가 더 놀랐다. 여기 십 분은 더 앉아 있었던 것 같은데 아직도 모른다. 벽에 붙은 채 싱글거리는 세타나인이 날 비웃는 거 같다. 좀 심술이 나서 언니 후드티 모자를 확 잡아당겼다.

"악! 깜짝이야!"

"뭐 보는데 사람이 와도 몰라?"

"아우, 가예야……. 언니 애 떨어질 뻔했어."

그런 농담 싫다고 짜증내도, 언니는 웃는다.

"가예 오랜만이다, 잘 지냈어?"

이런 말 하는 사이가 아니었는데. 진짜 만날 봤는데.

언니를 되게 오랜만에 본 기분이었다. 언니는 너무 바쁘고. 언젠가부터, 아니 예전부터 늘 그랬다. 고등학생이라서 바쁘고, 대학생이라서 바쁘고, 졸업반이라서 바쁘고, 직장인이라서 바쁘고. 내가 막상 고등학생 되어 보니까 그렇게 바쁘기만 한 것도 아니던데.

그 바쁜 와중에 세타나인 팬사인회 다녀올 시간은 있고? 이번 엔 몇 장을 샀기에 당첨이 됐을까.

"뭐가 그리 바빠."

괜히 불퉁한 목소리가 난다.

"원래 직장인한테 제일 귀한 게 시간이야."

언니의 농담이 섭섭했다. 그래서, 너무 귀해서 나한테는 나눠 줄 수 없단 거야? 저거 볼 시간에 나랑 놀아 줄 수도 있는 거잖아.

"참, 신간 좀 사 왔는데. 이 작가 거 재밌다고 했지?"

언니가 책상 위에서 만화책 몇 권을 들어 보였다. 또 저런다, 책으로 입막음하려고.

"시험 끝나고 빌려 갈게."

"아, 아직 시험 안 끝났어? 그럼 가서 공부해야지."

"잠깐만 있다 갈 거야."

"……모르는 거 있으면 봐 줄까?"

쳇, 진심도 아니면서. 지금도 자꾸 영상 흘끔거리는 게, 빨리 나 보내고 싶은 거 다 안다! 언니는 뭐 보고 싶냐고, 아까 골라 둔 영화 후보 알려 주려고 했는데 그냥 내가 결정해 버릴 거다. 공포 영화로 해 버려야지.

촌스러운 분홍색 커튼이 정신없이 바람에 펄럭인다. 피아노 위의 둥근 거울도 바람에 흔들리고 그 덕에 거울에 반사된 햇빛이 획획 움직여 더 정신이 없다. 아, 창문이라도 닫았으면 좋겠네. 그럼 엄청 덥겠지. 지금도 덥다. 시험 기간 내내 닫혀 있었던 음악실에서는 먼지와 텁텁한 곰팡이 냄새까지 난다.

"어, 왜 보자고 했냐면……."

김준현의 이마가 땀으로 젖어 있는 게 눈에 띈다.

설마, 설마. 민주가 그랬다, 김준현이 나 좋아하는 거 같다고. 기말고사 때 과자랑 요플레도 가져다줬고, 지나가다 복도에서 마주쳤을 때 장난처럼 머리를 쓰다듬고 간 적도 있다. 나보다 별로 크지도 않은 주제에. 걔 원래 동아리 여자애들 다 챙기고 다니잖아, 나도 그중 하나야, 하고 대수롭지 않게 넘어갔었는데.

하필이면 오늘— 아니, 딱 적당한가, 기말고사 끝나고 방학식 날. 아이들은 대청소하느라 바쁘고. 맞다, 나 교무실에 일지 가져다 놓아야 하는데.

"……어때?"

"어?"

말을 놓쳤다. 김준현 이마에서 땀방울이 주룩 흘러내린다.

"나랑 사귈 마음 있냐고."

"왜?"

"어? 좋아하니까……."

김준현은 말끝을 흐렸다.

"내가, 왜 좋아?"

진짜 믿기지 않아서 물어봤다. 김준현은 살짝 인상을 쓰고 고개를 돌려 창문을 바라보았다.

"그건 차차 알려 줄게."

"안 그래도 돼."

너무 정직하게 말했나. 넌 너무 성격이 급해, 하는 엄마 말이 왜 이런 순간에 떠오르나 모르겠다. 김준현도 말을 잇지 못하다가 씩 웃었다.

"거절이야?"

"어."

"확실하네."

김준현은 여전히 웃지만 입매가 떨리고 있다. 그제야 조심스럽게 거절할걸 그랬다는 생각이 들었다.

"너 좋은 앤 거 아는데……."

그건 진짜다. 성격 좋고 공부도 못하지 않는다. 키는 작지만 깔끔하게 생겼다. 축제 때 여장을 했었는데, 오버스럽지 않고 귀엽다고, 여장했던 애들 중에 유일하게 욕도 안 먹었다. 2학년 언니들한테 인기 많다는 얘기도 들었다.

"……미안."

김준현은 입을 꾹 다물었다. 양 볼에 보조개가 잡혔다. 민주가 저게 김준현 매력이라고 했던 게 생각났다.

"알았어. 그래도 어색해지지는 말자."

끝까지 웃는 게 확실히 성격은 좋다.

"먼저 갈래? 같이 나가면 좀 그렇잖아."

아, 이제 가면 되는 거구나. 그렇지, 더 할 얘기가 뭐 있는 것도 아닌데. 제법 친하게 지냈었는데, 이젠 못 그러겠구나……. 그거 하나가 아쉬웠다. 발이 자꾸 꼬인다. 음악실을 나오니 그늘진 복도를 쓸고 있던 2학년들이 흘깃 쳐다봐서 빨리 걸음을 옮겼다.

"진짜? 왜 거절했어, 김준현 괜찮은데. 난 그런 애가 좋더라, 너무 까진 애보다."

민주는 자기가 더 안타까워했다.

"좋아해야 사귀지."

"너 따로 좋아하는 애도 없잖아. 왜 굴러온 복을 차냐. 나 같으면 바로 사귄다. 잘해 줄 거 같은데."

그게 무슨 상관, 좋아하지도 않는데 잘해 준다고 그게 좋나.

빙수를 한 숟가락 떴다. 팥이랑 얼음을 비비지 말고 그대로 떠먹는다. 민주는 참 특이하다고 한마디 했지만 내 고집대로 하게 해 줬다. 민주가 학교에서 멀리 벗어나고 싶다고 해서, 굳이 버스 타고 홍대까지 왔다. 언니네 출판사가 이 근처인데. 한번 연락을 해 볼까, 말까.

"와, 이가예. 네가 이렇게 인기 많은 줄 몰랐다."

"많긴 뭐가 많아, 김준현 하나인데."

"걘 네가 뭐가 좋을까. 까칠하지, 까다롭지, 까탈스럽지."

"그래서, 국어 시험은 잘 봤냐?"

"그 얘기는 말자, 친구야."

민주는 정색하고는 빙수를 입에 털어 넣었다. 아우, 보는 내가 다 차갑다.

"맞다, 시험 전에 1반 애가, 나 중학교 동창인 애 있는데, 너에 대해 물어보고 갔었는데. 그거 김준현이 시킨 거 같아."

"뭐? 왜 얘기 안 했어? 뭐라고 했는데?"

"커피 우유 좋아하고, 엄마가 퀼트 강사 하시고, 별 좋아하고."

"별? 별을 좋아해, 내가?"

"우주 뭐 그런 거 잘하잖아. 항성, 행성, 그런 거. 또 뭐 얘기했더라. 아, 옆집 언니랑 친하고……."

"무슨 그런 말까지 하냐!"

"왜, 어두운 비밀까진 말 안 했어. 와, 김준현이 이가예 실체를 알면 쉽게 좋아한다고 말 못 할 텐데."

나한테 어두운 비밀이 뭐가 있다고. 그걸 나한테 말도 안 하고 있었다니 기가 막히다.

"뭐야, 이가예만 신났어. 야, 너는 누가 나 어떤 애냐고 물어보면 뭐라 그럴 거냐?"

"모르는 애라고 그럴 거다. 아니, 게임광에 모자 중독."

"그러고도 네가 친구냐!"

민주가 옆에서 자꾸 이러니까 이게 진짜 신나는 일인가 싶다.

215

이렇게 정식으로 고백 받아 본 건 처음이다. 반 애들이 누구랑 누가 사귄다, 고백했다, 좋아한다 하는 얘기를 할 때도 별로 관심이 없었다. 학교 남자애들이 뻔하지, 시간만 나면 공 차러 나가는 어린애들.

언니가 들으면 뭐라고 할까. 아, 갑자기 기분이 좋아졌다. 깜짝 놀라겠지? 자랑해야지!

언니한테 고백 받은 얘기를 하고 싶었는데 언니는 줄줄이 야근에, 토요일에는 무슨 외부 행사 때문에 나갔다고 했다. 아줌마는 회사 일로 생각하시던데 세타나인 뭐가 아닐까 나 혼자 의심했다.

일요일 저녁이 되어서야 겨우 집에 있는 언니를 볼 수 있었다. 편한 차림으로, 언제나처럼 노트북을 앞에 두고 앉은 언니.

"뭐 해?"

"밀린 거 보지, 뭐."

컴퓨터 모니터에 떠 있는 건 세타나인. 또다, 또. 대화를 좀 해 보려는데 언니는 자꾸 모니터를 흘끔거린다.

"미안, 근데 진짜 오랜만의 자유시간이라서."

"같이 보자, 그럼. 보면서 얘기하는 건 괜찮지?"

아주 많이 참고 대꾸했다.

"너 이런 거 별로 안 좋아하잖아……. 그래, 그럼."

내 실수다. 세타나인을 보면서 무슨 대화를 하나. 언니의 대답이 반 박자씩 느려지더니 급기야는 어, 어, 하고 영혼 없는 리액션만 한다. 됐다, 포기다.

나 고백 받았단 말이야…….

침대에 기대앉아 언니의 질끈 묶어 올린 머리만 본다. 아이돌에 목매는 거 이제 그만할 때도 되지 않았나. 저렇게까지 시간을 들이고 마음을 들일 가치가 있는 건가. 모니터 속에서는 세타나인이 하얗게 차려입고 요리를 하고 있다. 세타나인 군대 안 갔지? 가서 취사병하면 되겠네, 미운 소리를 한마디 할 수도 있었겠지만 지금은 어쩐지 그런 맘도 안 생긴다.

얘기하고 싶었는데. 얘기하고 싶은 게 있었는데.

언니는 헤벌쭉 웃고 있다. 경계심 하나 없는, 어린애 같은 얼굴. 익숙하다. 내가 모르는, 알고 싶어 하지 않는 뭔가를 보며 웃고 있는 비스듬한 옆얼굴.

초등학교 땐 언니 정도 되면 진짜 어른인 것 같았다. 중학교 때 언니는 대학생. 대학생에 대한 환상 같은 건 깨진 지 오래다. 언니는 나보다 한참 앞서서, 어른이 되는 건 별거 아니야, 하고 말해주는 것 같다.

십 년. 언니랑 알고 지낸 시간. 그동안 언니는 남자 친구 하나 없었고. 정말 없었을까?

“언니, 혹시 울 엄마가 누구, 연락처 주고 그랬어?”

못 들었나, 대답이 없다. 아주 푹 빠졌구만. 모니터 안으로 들어가겠다. 그렇게 좋냐.

“언니!”

“어? 뭐?”

언니는 재빨리 동영상을 정지하고 고개를 돌렸다.

“우리 엄마가 연락처…… 누구 소개시켜 줬냐고.”

“아니? 왜? 어디 참한 총각이라도 있대?”

“총각이 뭐야, 아줌마냐?”

언니가 딱 싫어, 그랬으면 좋았을 텐데.

“참, 너 책 빌려 가야지.”

언니가 책상 위 만화책을 가리켰다. 몇 년째 띄엄띄엄 나오고 있는 일본 SF 만화 신간. 솔직히 이젠 크게 관심 없는데, 언니는 내가 이거 되게 좋아하는 줄 안다.

책을 집다가 책상 위에서 못 보던 봉투를 발견했다. 무심코 열어 봤는데 세타나인 콘서트 표다. 8월에 있는 단독 콘서트. 당연히 가겠지. 언니는 지금까지 세타나인 콘서트는 모두 갔다. 이틀 하면 이틀 다, 일주일 하면 일주일 다. 근데 이거 날짜가…….

“내 생일이잖아.”

“어? 뭐가?”

토요일, 일요일 이틀이 콘서튼데, 토요일이 딱 내 생일이다. 생일이 있는 주 토요일에는 윤지 언니랑 영화 보고 밥 먹는 게 전통이다. 올해는 생일이 마침 토요일이라 좋다고 생각했는데. 엄마 아빠도 토요일은 윤지랑 놀 거지? 하면서 일요일에 밥 먹자고 했는데. 영화도 진작 골라 놓았는데.

"어……. 생일 축하하는 그 전주에 할까? 아님 그다음 주?"

언니가 내 눈치를 본다.

"됐어, 올해는 그냥 건너뛰지 뭐."

아무렇지 않은 척 말하려고 했는데 자꾸 입술이 삐죽댄다. 이런 거 가지고 삐지면 안 되는 거 아는데도.

"이가예, 진짜 삐졌어?"

"아니라니까?"

삐지지 않았고, 정말로 괜찮고, 영화는 그다음 주 토요일에 보러 가도 된다는 것을 충분히 알리기 위해, 그 뒤로도 언니와 함께 세타나인 리얼리티를 마저 보았고, 목요일과 금요일에 했던 음악 방송 세타나인 부분을 보고, 같이 아이스크림을 사러 아파트 상가 슈퍼까지 다녀왔다.

졸리지도 않은데 자리를 펴고 누웠다. 눈을 감고 있으니 아까 본 영상들이 뒤섞여 떠오른다. 제드 씨가 요리를 잘하죠……. 별로 맛있어 보이지도 않던데. 언니랑 똑같은 걸 봐도 왜 웃음이 안 날까. 그냥 그렇구나 싶고 그렇게 멋진지, 귀여운지, 재밌는지도 모르겠던데. 근데 왜 자꾸 생각이 나냐, 이래서 자기 전에 뭐 보면 안 된다니까.

언니는 언제나 뭔가를 좋아했다. 고등학교 때는 우주에 미쳐서 몇 년치 모아 둔 용돈으로 천체 망원경도 샀다. 초등학생이던 나는 언니를 따라 목성과 화성과 토성의 위성들 이름도 외웠다. 유로파, 타이탄, 가니메데, 레아, 이런 그리스로마 신화에 나오는 것 같은 이름들.

언니가 정기 구독하던 과학 잡지들도 꼬박꼬박 빌려서, 별 흥미도 없으면서 보긴 봤다. 그러다 대학생 때 세타나인 뭘 산다고 언니가 망원경을 팔았을 땐 내 것도 아니면서 왜 팔았느냐고 화를 냈다. 그다지 대단히 별들에 관심 있었던 것도 아니었지만, 괜한 배신감이 들어서. 그러고 보니 언니는 별에서 별로 옮겨 간 거네. 다음에 만나면 그렇게 농담해 볼까. ……재미없다.

눈을 떴다. 별로 어둡지 않다. 방의 윤곽이 다 보인다. 지난달에 새로 들여놓은 책장. 책이 왜 이렇게 많지. 저기 반은 윤지 언니가 준 거다. 맨 아래 칸 〈뉴턴〉이랑 〈과학동아〉는 언니가 모아 둔 걸 다 버린다기에 받아서 가져왔다.

너 별 좋아하잖아, 민주의 말. 아닌데. 나 별로 안 좋아하는데.

블랙홀이 어쩌고 상대성 이론이 어쩌고 우주 대폭발이 어쩌고, 이해도 못하는데.

묘하게 허전한 기분이 들었다.

나는, 내가 원하는 것을 평생 가질 수 없을지도 몰라, 아무 맥락 없이 그런 문장이 떠올랐다. 평생이라니, 오버하고 있다. 원하는 게 딱히 있지도 않으면서. 원하는 것. 가지고 싶은 것. 몰라. 별로 없어. 지금으로도 충분해. 언니가 조금만 덜 바쁘면…….

언니에게 김준현 얘기를 하려고 했지. 웃긴 에피소드처럼 말하려고 했는데.

고백까지 받았지. 그런데 왜 기분이 이럴까. 왜 더 외로울까. 거절한 게 미안해서? 아니면 윤지 언니가 내 생일날 콘서트 간다고 해서? 이가예, 너 진짜 삐졌어?

삐진 게 아니라…….

그냥 알게 되었을 뿐이야. 무게가 다르다는 것을. 언니에게 나는, 내게 있어 언니의 무게가 절대 될 수 없으리라는 걸. 내가 뭐 대단한 거 바란 게 아니잖아. 뭘 하자는 게 아니라, 그냥 옆에서……. 뭐. 언니가 세타나인 영상을 들여다보든 채팅을 하든, 그냥 옆에 있다가, 뭐. 됐다, 머리 아프다.

"라면 먹고 잤냐? 왜 이렇게 부었어!"

민주가 두 손으로 내 볼을 잡고 눌렀다.

여름방학 보충은 지난 모의고사 성적별로 반을 다시 묶었다. 민주는 당연히 1반이고 나는 3반. 아는 애보다 모르는 애들이 더 많다. 분위기 어색한 게 공부 잘되겠네.

쉬는 시간이 되자마자 각자 친구 찾아 흩어지고 모이는데 민주가 내 쪽으로 놀러 왔다.

"야, 봤어? 봤어?"

뭐가, 하면서 돌아보는데, 뒤쪽 책상 위에 걸터앉아 웃고 있는 김준현. 뭐야, 쟤 여기 반 아닌데. 괜히 허리를 펴고 똑바로 앉았다. 나 보러 왔나?

민주가 속삭이듯 말했다.

"김준현, 이세영한테 완전 치댄다. 너한테 고백한 애 맞아?"

이세영?

아까 2교시 영어가 1학년에서 젤 이쁜 애가 있는 반이라고 농담했었지. 입학식 날, 얼짱으로 유명한 애가 신입생 중에 있다고 선배들이 반마다 찾아다니고 했었다. 이쁘게 생기긴 했다. 가을에 나올 교지에 표지 모델 하라고 문학 선생님이 벌써 찍어 났다고 들었다. 적당히 줄인 교복도 예쁘게 잘 어울리고. 아니지, 예쁘니까 잘 어울려 보이는 건가.

"봐 봐, 장난 아냐."

"아, 몰라."

보기 싫다. 어떤 광경일지 짐작은 간다. 아까까지는 들리지 않던 애교 있는 목소리와 웃음소리가 들린다. 준현아, 그러지 마아—

"헐. 너 여기 있는 거 알면서 저러는 건가? 장난 아니다. 막 만져."

궁금함이 짜증을 이겼다. 화장실 다녀온다고 중얼거리곤 일어나서 슬쩍 뒤를 봤는데, 내가 지난주에 꿈을 꿨나. 그게 김준현이 아니었나? 누가 보면 둘이 사귀는 줄 알겠네. 손잡고 머리카락 만지고 웃고 난리 났다.

다음 쉬는 시간에 민주는 바나나 우유와 함께 어디서 얻은 건지 모를 정보를 들고 돌아왔다.

"이세영이 원래 김준현을 좋아했었대. 학원 같이 다니고. 뭐 고백하고 그런 건 아닌 거 같은데, 요즘 친하게 지낸다고 소문 다 났어. 김준현, 그렇게 안 봤는데 완전 가볍다. 너한테 고백한 지 얼마나 됐다고."

"됐어, 어차피 거절했는데."

또 김준현이 나타났다면 속이 쓰렸겠지만 이번엔 오지 않았다.

이세영은 자기 친구들하고 아까처럼 떠들고 있다. 보통 아이가 저런다면 시끄럽다고 누군가 한 소리 할 만한 상황이었지만, 예쁜 애가 그러고 있으니 흘끗흘끗 보는 눈초리들이 면박 주려는 게 아니라 구경하려는 듯 보였다.

"아니, 그때 오빠가 손깍지를 껴 줬다니까? 그리고 나보고 손 이쁘다고 했어!"

"아, 이세영 그만 좀 해라, 누가 들으면 남친 얘기하는 줄 알겠네."

"남친이지, 꺅! 봐라, 제드 오빠 사진, 완전 잘 나왔지!"

지갑에서 인화한 사진을 꺼내 돌려 보는데, 얼굴이 예쁘니까 뭐 엄청 대단한 거 하는 것 같다. 청춘 영화의 주인공. 나는, 우리는 한낱 조연이고.

"맞다, 쟤 세타나인 빠순이래. 사인회 다녀왔다고 뭐 그러는 거 전에 들었다. 그거 가기 되게 힘들다며."

민주는 목소리를 낮춰 말했다. 세타나인이든 다른 아이돌이든, 아니면 배우거나 운동선수거나, 애들이 누구 좋아하는 건 흔한 일이다. 우리 반에도 세타나인 팬이 여럿 있고 쉬는 시간이면 저렇게 모여서 떠든다. 점심시간에는 뮤직비디오를 틀고, 오빠들 영업하느라 난리인 애들. 그중 하나구나.

"뭐 하는 짓이냐, 아이돌 좋아하는 건 인생의 낭비지. 돈 낭비, 시간 낭비. 난 빠순이들은 좀 싫더라."

평소 같으면 민주 말에 동의했겠지만 갑자기 윤지 언니의 웃는 얼굴이 머릿속에 스쳐 지나간다.

224

"아, 그만해."

민주는 내 말을 흘려들은 것 같았다. 소곤소곤 이세영과 그 무리들 씹는 데 신이 났다.

"연예인 팬서비스 하는 게 뭐가 좋다고. 완전 가식인데."

가식. 그렇지. 보이는 데서는 하하호호 좋은 모습만 보이지. 근데, 그건 우리 모두가 그렇잖아. 다른 사람들에게는 좋은 모습만 보이려고 하잖아.

바로 옆에 있는 사람이라고 해도 다 아는 게 아닌데. 김준현은 뭘 보고 날 좋다고 한 거야. 걔가 나에 대해 뭘 안다고. 차라리 내가 세타나인에 대해 더 많이 알겠다. 그렇게 가벼운 마음 따위, 진짜 됐다.

5시까지 자율학습도 하고, 민주가 뭐 먹고 가자는 걸 그냥 자고 싶기만 해서 집에 왔다. 유독 습하고 끈적거리는 날씨였다. 그래, 기분 나쁠 텐데 푹 쉬어라. 뭔가 핀트가 어긋난 민주의 조언도 바로잡을 기운이 없었다.

엘리베이터를 타고 14층을 누르려는데, 이미 눌러져 있었다. 누구지, 눈을 들어 보니, 아, 오늘 진짜 일진 안 좋네. 진드기다. 쟤 또 왔네.

"……윤지 언니 집에 있어? 이 시간에?"

"들어가서 기다리고 있으랬어."

평일에, 이 시간에 여기 왔다는 건 자고 간단 뜻이겠지.

언니네는 워낙 친구들이 많이 들락날락하고, 자고 가기도 많이 한다. 아침에 먹을 반찬이 부족하다고 우리 집으로 꾸러 온 적도 있다. 최대 열 명까지 그 집에서 자 봤단다. 거의 다 세타나인 팬들. 언니들은 그런가 보다 하는데 얘는 신경 쓰인다.

"너 진짜 윤지 언니한테 신세 많이 진다."

"응. 언니가 많이 도와줘."

이렇게 순순히 나오면 할 말이 없잖아.

엘리베이터 문이 열렸다. 진드기는 먼저 내리면서 말했다.

"너한테 신세지는 거 아니잖아."

네가 무슨 상관, 이런 뜻이겠지. 한마디 더 할까 하다가 좀 성깔 있어 보이는 애라 그냥 물러났다.

일단 집에 가서 저녁 먹고 있다가 9시쯤 건너갔다. 진드기가 저녁 먹고 사라졌기를 바랐지만.

"어, 가예 왔어?"

책상 앞에 의자 두 개 놓고서 정자세로 보고 있는 건 작년 세타나인 콘서트 디비디란다. 콘서트 가기 전에 복습하는 거라며 웃던 언니가 헛기침을 했다. 그래, 그 콘서트 날이 내 생일이라고. 가서 참 재밌겠다, 그치?

지난번에 안 빌려 간 신간 만화를 들고 침대 위에 자리 잡았다. 책장을 넘기지만 무슨 얘긴지 하나도 안 들어오고 둘의 대화만 자꾸 들린다. 언니는, 바빠서 같이 얘기할 시간도 없다면서 얘랑은. 나 아직 고백 받은 얘기도 못했는데. 하긴 오늘 김준현 꼴을 보니까 얘기 안 해도 되겠네. 짜증나.

디비디를 볼 거면 그거나 보지 뭐 또 할 얘기가 많은가 보다. 나는 모르는, 둘이 아는 사람들, 둘이 아는 장소. 진짜 싫다. 싫으면 집에 가면 되지. 아니, 만화는 마저 보고.

"소원이가 위시트리래요, 그 블로그 언니도 아시죠?"

"진짜? 우와, 위시트리가 어떻게 희나 짝꿍이야? 진짜 인연이다, 인연."

"이번에 사녹 간 것도 후기 썼더라고요. 언니 보실래요?"

저 깍듯한 존댓말도 어쩐지 기분 나쁘다. 쟤가 저럴수록 나는 언니한테 막말을 한다.

"언니, 집에 시원한 거 뭐 있어?"

"아, 수박 있나?"

"아이스크림 없어?"

진드기가 날 힐끗 본다. 뭐, 왜!

언니는 자리에서 일어나면서 진드기의 핸드폰을 받아 들여다봤다.

"되게 앞에 섰나 보다. 소원이도 어떻게 일찍 왔나 보지?"

"아……. 네."

뭔가 불투명한 목소리.

"언니!"

"알았어, 알았어. 어휴, 상전님 납셨네. 희나야, 먼저 보고 있어."

언니가 아이스크림을 가지러 나갔다. 진드기는 거기 없다 생각하고 만화책을 보다가, 영상에서 펑 폭죽 소리가 나는 바람에 깜짝 놀라 고개를 들었다. 멍하니 화면을 마주하고 있는 진드기의 얼굴이 보였다. 차갑게 굳어 있는, 무표정한 얼굴. 모니터 속에서는 세타나인이 서로 끌어안고 웃고 난리 났는데 표정에는 변화가 없다.

그런데 언니가 돌아오자 얼굴이 싹 달라졌다. 웃고 감탄하면서 영상을 본다. 뭐야…… 쟤.

"난 갈게."

열 시쯤 마음에도 없는 소리를 했다. 자고 가, 그 말을 기다렸는데,

"그래, 잘 자."

웃는 언니가 진짜 밉다.

한번 신경 쓰기 시작하면 그 단어만 귀에 꼭꼭 와서 박히나 보

다. 보충수업 시작 전부터 아침 가십 거리가 이세영과 김준현이다.

"야, 대박. 김준현이 세타나인 콘 표를 이세영 주기로 했대."

"헐, 나 주지, 나 주지! 그걸 왜 이세영 줘?"

"좋아하나 보지. 통 크다, 그거 비쌀 텐데?"

당연히 얘들은 김준현이 나한테 고백했던 것을 모른다. 세타나인 콘서트, 언니가 얼마나 힘들게 구하는지 옆에서 봤다. 가격도 알고. 김준현이 그게 어디서 나서, 근데 그걸 왜 이세영한테. 민주도 와서 그 얘기부터 하려고 하기에 나도 안다고 막았다.

이세영은 지각해서 1교시 끝나고야 왔다. 애들이 달라붙어서 물어보는데, 김준현이…… 하는 소리를 듣자마자 교실을 나왔다.

복도를 가득 채운 아이들. 평소보다 배는 붐빈다. 원래 자기 교실이 아닌 곳에서 보충수업을 하니까, 쉬는 시간마다 민족 대이동이다. 이쪽 복도에는 원래 남자애들은 별로 안 오는데, 남자애들이 득시글거리니까 이상하다. 아침부터 뛰다 왔는지 시큼한 땀 냄새. 아, 학교에선 축구를 금지시키든지 해야지…….

"어, 이가예. 안녕."

김준현이다. 쟤도 축구하고 왔나 보다. 앞머리가 다 젖었다. 그렇게 거절을 당하고 나서도 나를 씹거나 하지 않는 게, 진짜 좋은 애란 뜻일 거다.

씩 웃고 지나쳐 가는 걸 불러 세웠다. 김준현, 내가 왜 불렀지.

잠깐 멍해졌다가 물었다.

"세타나인 콘서트 표 생겼다며."

"응, 아빠 아는 사람한테 받았어. 초대권."

이세영 주려고? 하는 말은 입안에서 맴돌고.

"나 가 보고 싶었는데."

엉뚱한 말을 해 버렸다. 김준현이 놀란 표정을 했다.

"진짜? 너 세타나인 좋아해?"

"요즘 안 좋아하는 애가 어딨어."

김준현은 약간 인상을 쓰고서 날 봤다. 달라고는 안 했잖아, 애써 자존심을 세워 보는데.

"그럼, 줄까?"

이세영 주기로 했다고 소문 다 났는데, 그거 나 준다고? 아니면 표가 또 있나?

"……몇 장 있는데?"

"원래는 두 장인데 누나가 한 장 가져갔어. 둘 다 가지겠다는 걸 겨우 사수했지."

김준현은 브이를 그려 보였다. 한 장. 그럼 이세영 주겠다는 그 표 맞는데. 어쩌지. 됐다고 하나. 이세영은 어떻게 되는 거지?

"이번 주 토요일인데, 시간 돼?"

고개를 끄덕였다. 김준현은 활짝 웃어 보이곤 교실로 달려갔다.

종이 울렸는데도 잠시 그 자리에 서 있었다. 무슨 소리를 한 거야, 이가예. 세타나인도 김준현도, 좋아하지도 않으면서. 내가 너무 찌질하게 느껴졌다.

— 안 자지? 빙수 먹으러 와.

지금이 열 시. 방학 때 다이어트하려고 했는데. 툴툴대면서도 입가가 올라가는 걸 어쩔 수 없다. 언제였나, 언니가 대학생 때 빙수 한번 사 왔던 걸 진짜 맛있다고 했더니 그 뒤로 여름이면 꼬박꼬박 사 온다. 이건 언니와 나의 여름 전통. 겨울 전통도 있다, 시청 앞에 가서 스케이트 타는 거. 가을 전통은 경복궁으로 은행나무 보러 가는 거.

언니네 부모님은 거실에서 벌써 드시고 있고, 우리는 언니 방에 들어왔다. 딱 내 취향, 젤리는 빼고 떡은 많이. 어떻게 얘기를 시작해 볼까. 토요일에 나도 콘서트 갈 거라고? 나한테 고백한 애가 표 구해 줄 거라고? 언니는 어떤 표정을 지을까. 맞다, 끝나고 같이 오면 되겠네! 나도 참 뻔뻔하다. 표 받을 걸 당연하게 생각하고 있다.

그런데 아까부터 언니는 핸드폰만 들여다보고 있다.

"빙수 녹아. 빨리 먹어."

"어, 가예야, 잠깐만."

건성으로 대답하고 계속 문자만 하다가 급기야 어디로 전화를
걸었다.

"그래서, 그런 소문이 났다고? 아냐, 요즘 희나 안 그러는데.
그럼, 내가 잘 알지."

희나. 그 진드기 이름이다.

통화는 끝날 생각도 않는다. 나도 수저를 놨다. 반이나 먹었는
데 팥과 떡이 흐트러지지 않고 고스란히. 이거, 언니 버릇이었지.

언니가 마침내 통화를 끝냈을 때는, 얼음이 녹아서 팥이 흘러내
리고 있었다. 왜 안 먹고 있어, 하는 언니에게,

"비벼 먹자."

"어?"

"비벼 먹자고."

고집스럽게 말했다. 언니는 황당한 표정으로 말했다.

"왜, 그냥 먹자. 너도 이렇게 먹는 거 좋아하잖아."

"아니. 난 원래부터 비벼 먹고 싶었어."

"그래……. 그럼."

어디 해 보라는 식으로, 언니가 숟가락을 내려놓았다. 이게 아
닌데. 왜 갑자기 눈물이 날 만큼 서러울까? 내가 뭘 바랐어? 옛날
처럼 얘기도 하고, 듣고, 그거면 되는데.

개밥처럼 비벼진 빙수는 맛이 없었다. 둘 다 한 마디 말도 없이

녹은 빙수를 끝까지 먹었다.

"우리 가예가 뭐 때문에 기분이 안 좋을까."

달래듯 하는 말에 더 울컥했다. 내가 이러는 게 언니도 기분 나쁘겠지. 그럼 차라리 화를 내라고, 이러면 내가 진짜…… 어린애 같잖아.

문자도 오고 전화도 오던데 언니는 핸드폰을 들지 않았다. 그러면 기분 좋았어야 하는데 하나도 안 좋았다.

엄마는 내가 윤지 언니한테 너무 집착한다고, 언니가 짜증 안 내는 걸 보면 신기하다고까지 했다. 일곱 살이나 언니인데 무슨 친구처럼 굴고 치댄다고. 하지만 언니가 받아 주지 않으면 나도 그렇게 못 할 거다. 손뼉도 마주쳐야 소리가 나는 건데.

언니가 이렇게 바쁘지만 않으면, 너무 바빠서 1순위인 세타나 인까지밖에 못 챙기는 상황만 아니면 나도 불만 없을 거다……. 결국 나는 1순위가 아니라는 거지.

언니는…… 나의 약점일까. 아니면 단점일까. 아닌가, 내가 언니의 단점이자 약점이 된 걸까.

작년이었나, 언니가 자기소개서 쓰는 숙제를 도와주었다. 장단점 쓰는 칸에 단점으로 눈이 나쁘다고 썼는데 언니가 그랬다.

— 그건 단점이라기보다는 약점인 것 같은데.

— 뭐가 달라?

— 음, 약점은 선천적인 거? 그래서 고치기 힘든 거고 단점은 후천적인 거, 노력하면 고칠 수도 있는 거……. 눈이 나쁘다고 해도 그걸 자기가 약점이라 생각 안 하면 괜찮은 거잖아.

언니의 한 마디 한 마디에, 행동 하나하나에 기분이 좋아졌다 나빠졌다 하는 거. 그건 내 단점이 아니라 약점인 것 같아. 그냥 이렇게 살아와서. 기억나지 않는 시절부터 늘 그래서 다르게 할 수가 없어.

자리에 누워 눈을 감았다. 답을 찾을 수가 없다. 아득하고, 옅은, 막연한…… 이 끈질긴 외로운 기분은 무엇 때문일까.

무한한, 검은 우주에 떠 있는 우주 비행사가 떠올랐다. 이번에 언니와 보려 했던 영화 포스터 이미지. 사실 난 언제나 그런 게 무서웠다. 언니는 재밌겠다고, 황홀하게 바라보던 것들이. 지독히 막막하고, 고요하고, 외로워 보여서. 우주는 언제나 밤이잖아, 언니한테 말한 적이 있는데. 깜깜해서 무서워. 그래서 좋은 거라고 언니가 대답했던가.

이세영이 내 앞에 앉았다. 어제는 지각이더니 오늘은 꽤 일찍 왔다. 일찍 오면 뭘 하나, 아침부터 빠순 토크나 하고 앉았는데.

"아니지, 그거 따라와 때였다니까?"

"너를 생각하면 때야. 그때 팬들이 미용실 불태울 거라고 막 그랬잖아."

세타나인 제드가 언제 머리를 반삭했었나를 가지고 한참 토론 중이다. 자연스럽게 머릿속에 답이 떠오른다. 윤지 언니 옆에서 반주입식으로 집어넣은 지식들은 어째 잊히지도 않는다. 이세영이 내 쪽을 돌아보며, 정확히는 내 뒤에 앉은 누군가에게 물었다.

"한별아, 따라와 때 맞지? 제드 오빠 반삭한 거?"

"너를 생각하면일걸. 서하가, 제드가 그런 거 언더 공연할 때 말고 처음 봤다고 그랬다며."

……아, 망했다. 나도 모르게 대답했다. 이세영은 눈이 동그래져서 날 봤다.

"우와, 너도 세타나인 좋아해? 너 몇 반이야?"

"……나 말고, 아는 언니가 좋아해서……."

갑작스레 그 세계로 끌려 들어갔다. 이세영과 그 친구들이 신이 나서 떠들고 묻는데, 이름도 반도 다 말했다. 이러다 나중에 내가 그 표 가로챈 거 알면 완전 욕하겠지? 아니다, 차라리 잘됐다. 나도 원래 세타나인 좋아했었던 걸로 알면 덜 기분 나쁘겠지. 근데 내가 왜 애 기분 나쁠 걸 걱정하고 있지?

"너 그럼 그 앨범도 있어? 따라와 한정판?"

"어……. 있어."

"우와! 진짜 짱이다! 나 한 번만 보여 줄 수 있어? 그거 포토북에 서하 문신 진짜 나와?"

언니가 준 한정판이 있긴 한데, 안을 펼쳐 본 적은 없다. 대충 얼버무리고 가져온다고 약속까지 했다.

"이거 예쁘다. 어디서 샀어?"

이세영이 책상 위에 올려 뒀던 물병 주머니를 만지작거렸다. 엄마가 퀼트로 만든 거, 분홍색 준다는 걸 싫다고 파랑으로 받아 왔다.

"엄마가 만든 건데."

"우와, 엄마 솜씨 진짜 좋으시다."

웃을 때 눈가가 살짝 접히는데 진짜 예쁘다. 남자애들한테만 그러는 게 아니라 원래 말투가 애교 있구나.

"넌 제드 오빠랑 서하 오빠 중에 누가 더 좋아?"

정말 하고 싶지 않은 대화 주제다. 대답을 못하고 있으니 이세영은 못 고르는 것도 이해한다며 고개를 끄덕인다. 아, 빨리 수업이 시작했으면!

다음 쉬는 시간에 이세영이 또 말을 걸려는 것을, 화장실 간다고 도망쳤다가 민주네 반으로 갔다. 근데 민주 표정이 좀 묘했다.

"야, 너 이세영이랑 친해졌어? 너 진짜 이상하다."

"그게 아니라, 걔가 내 앞에 앉아서……."

"아까 보니 아주 화기애애하더만. 그러다 이세영이 김준현이랑

236

너 알게 되면 어쩌려고 그래?"

"나랑 김준현이 뭐. 아무것도 없었는데."

민주가 한심한 표정으로 보는데, 좀 싫다. 내가 뭘 그렇게 잘못했냐, 따질 만큼 아슬아슬했는데 민주가 화제를 바꿨다.

"맞다, 오늘은 빼기 없다! 거기 세일 이번 주까지란 말이야."

방학하면 명동 가기로 진작 약속했었다. 그때야 시험에 절어 있었을 때니까 어디든 가자 했는데 이 날씨에 사람 붐비는 데 가기는 싫다. 하지만 안 가겠다고 하면 싸우게 될 것 같아서 그냥 따라갔다.

지하철에서 내내 서서 갔다. 민주는 재잘재잘 잘도 얘기하는데 귓가에서 흘러간다. 명동역에 내리는데 벌써 다리가 아프고 한숨이 나왔다.

좋아하는 사람을 위해 어디까지 할 수 있을까.

마음을 쓰고 시간을 쓰고 돈을 쓰고. 쓴다고 생각도 안 하고, 소비하거나 낭비하는 게 아니라 오로지 기쁘게, 자발적으로 그런다는 것. 그럼 나는 민주를 그만큼 좋아하지는 않는 건가, 제일 친한 친구인데.

"이거 어때?"

"안 어울려."

"그럼 이건?"

"그 색이 이쁘냐?"

"에이, 다른 가게 가 볼까?"

"다 똑같애, 그냥 여기서 사."

이 가게는 왜 의자도 없냐. 거울 옆에 쭈그리고 앉아 있는데 민주 하얀 운동화가 내 앞에 와서 섰다.

"야."

화를 꾹꾹 눌러 담는 목소리. 민주 표정이 어떨지 상상할 수 있다. 고개를 들기 싫었다. 귀찮아. 이 가게는 에어컨이 왜 이리 세. 추워. 밖엔 덥겠지. 집에 가고 싶다……

"너 김준현 때문에 그래? 꼭 네가 차인 거 같다."

"뭐래."

"뭐가 그렇게 기분 안 좋은 건데. 김준현이 이세영 제대로 써먹었네, 너 이러는 거 보니까."

그게 아니야. 이세영 때문이 아니라……. 이세영을 생각하니까 자동으로 윤지 언니가 떠오른다. 답답한데, 속이 꼭 막힌 것 같은데 속에 걸린 그게 뭔지도 모르겠다.

"빨리 모자나 사라."

"지금 내가 모자 살 기분이겠냐? 네가 앞에서 그러고 있는데?"

"그러게 왜 같이 오자 그랬냐?"

아……. 이렇게 말하면 안 되는 건데. 알면서도 꼭 이런다. 엄

238

마가 그랬지, 너 마음 내키는 대로 말 막 하는 것 안 고치면 친구고 뭐고 다 떠날 거라고. 그땐 자식한테 무슨 저주를 하냐고 짜증냈었는데, 저주가 아니라 예언이었나.

민주가 내 옆에 내려놓았던 가방을 집어 들었다.

"됐어. 그냥 가자. 도저히 안 되겠다."

"뭐가 안 되는데?"

아, 이가예! 그냥 좀 넘어가라!

결국 민주는 화가 나서 먼저 가 버렸다. 뒤따라 나가서 잡았어야 했을까. 유리창 밖의 거리가 너무 더워 보여서 멍하니 보기만 했다. 뭐 살 거냐는 매장 아줌마의 재촉을 듣고서야 밖으로 나왔다.

사람이 너무 많아서 그냥 휩쓸려 걸었다.

중간고사 끝나고도 민주랑 여기 왔었는데. 그때는 재밌었는데. 오늘은 너무 더워. 사람이 너무 많아. 아니……. 다른 걸 탓할 게 아니라, 다 내 마음이 그래서.

괜히 마음이 울적할 땐 어떻게 하냐고 물었을 때, 언니가 그랬다.

— 나는 그럴 때 세타나인이 처음 일위 했을 때 영상 찾아보는데.

물어본 내가 바보다 싶었는데, 언니는 말을 덧붙였다.

— 너더러 그걸 보라는 게 아니라…… 초심을 생각나게 하는 뭘 본다고. 지금이야 나오면 일위 하는 게 당연하지만, 일위를 할 수는 있을까, 목숨 걸고 하던 때라서, 발표 나고 막 우는 모습 보면,

풋풋했던 시절도 생각나고. 나도, 세타나인도 뭔가 하나도 당연한 게 없던…… 그래서 되게 열심히 하고 매순간이 소중하고 그랬던 때가 생각나서 마음이 풀려.

아무것도 가지지 않았던 시절의 추억. 민주를 처음 알게 되었을 때. 3월에, 고등학생 되고 정말 처음부터 친해졌다. 첫 짝꿍이었는데 그냥 말이 잘 통했다. 반에 중학교 동창도 몇 명 있었지만 민주가 더 편했다. 둘 다 오글거리는 건 안 좋아하면서도 쪽지도 많이 주고받았다. 유치한 장난도 많이 치고. 게임은 관심도 없는데 민주 따라서 보드게임 동아리도 들었다.

너무 편해져서, 민주가 날 친구로 생각하는 걸 아니까, 이 정도 투정은 받아 줬으니까, 조금씩 강도를 높이다 부려져 버린 건가. 윤지 언니한테는 아무리 틱틱대도 이렇게 선을 넘지는 않으면서. 사람의 마음을 무게처럼 잴 수 있을까. 왜 어떤 마음은 다른 마음보다 더 무거울까. 내가 일부러 무겁게 만든 것도 아닌데.

잡다한 물건들을 파는 가게 앞에서 멈췄다. 짝퉁 세타나인 사진과 다이어리와 달력이 다른 한류 스타들과 나란히 걸려 있다. 촌스럽기 그지없다.

나도 모르게 그 앞에 서서 눈으로 골랐다. 언니가 좋아할 만한 게 있나…….

그러다 무심코 가게 안쪽을 봤는데, 교복을 입은 여자애가 카운터 안으로 들어가더니 금전출납기를 만지작거렸다. 저러면 안 되는 거 아닌가 싶었는데, 땡 하는 소리와 함께 출납기가 열리고, 여자애가 지폐를 한 움큼 쥐고 빠른 걸음으로 걸어 나왔다, 내 쪽으로. 근데, 낯익은 얼굴.

"야! 쟤네 잡아!"

쟤네? 쟤가 아니라? 아저씨의 손이 나를 똑바로 가리키고 있었다.

"아, 씨! 이게 뭐야!"

쟤는 나랑은 상관없어요, 설명하는 걸 택했어야 했다. 근데 사람 본성이 그게 안되는 게, 쫓아오니까 도망쳤다. 앞서 달리는 진드기를 따라서 무작정, 숨이 차서 딱 돌아 버리기 직전까지. 체육 시험 때 이렇게 달렸으면 일등 했겠다.

건물 사이로, 사람들을 막 밀치면서, 좁은 골목 틈으로 들어갔다.

진드기가 환풍구 뒤로 기어 들어가는 걸 따라 들어가서 그대로 뻗었다. 하늘이 노랗고, 헐떡이는 숨은 멈출 줄을 모르고 너무 덥고, 땀이 귀를 타고 흘러 간지러웠다.

가방을 집어 던지듯 벗고서 따져 물었다. 목소리를 높였다가 혹시나 싶어서 죽였다.

"너, 도둑질도, 하냐?"

진드기도 나 못지않게 헐떡대고 있었다 .

"도둑질…… 아니야."

"그럼 아까 그건 뭔데!"

"우리 아빠 가게야. 그러니까 냅둔 거지, 못 잡아서 봐줬겠냐."

어쩐지, 아저씨가 어이없어하는 표정이긴 했어도 열받은 표정은 아니었다.

"진짜? 진짜지? 나중에, 괜히 그 앞에 지나가는데 너 그때 개지, 그리고 쫓아 나오는 일은 없겠지? 어?"

"상상력 한번 풍부하네."

미심쩍었지만 믿기로 했다. 그게 속편하겠다. 마저 숨을 고르는데 머리가 띵하다.

"윤지 언니한테는 말하지 마."

왜, 도둑질 아니라며. 찔리긴 하겠지!

지하철을 타고 집으로 오는데 완전 짜증이 났다. 아, 머리 아파. 발 아파. 땀이 축축하게 등에 배었고, 옷이며 가방은 먼지투성이가 되었다. 그냥 민주랑 있을걸, 이런 일에나 휘말리고.

빨리 씻고, 에어컨 틀어 놓고 아이스크림 먹으면서 티비나 봐야지. 그 마음 하나로 겨우 집까지 왔는데,

뭐야! 이거 내 가방 아니잖아! 거의 똑같은 검정 가방. 어찌나 정신이 없었던지 진드기 걸 잘못 들고 왔다. 방학 보충 프린트에 푼 흔적 없는 깨끗한 문제집. 이름, 정희나.

갤 어디서 찾아. 윤지 언니한테 연락처를 물어봐야 하나 하는데 초인종이 울렸다. 현관 앞에 선 건 정희나. 현관문을 열자 가방을 쏙 내민다.

"가방."

가방을 받고, 건네주고 문을 닫으려는데 진드기가 계단에 걸터 앉았다. 모르는 척하고 닫으면 되지만,

"언니 집에 없잖아."

"알아."

"기다리려고? 여기서?"

"아니, 그냥 갈 건데."

근데 왜 앉아 있고 그러냐. 나는 왜 문을 못 닫고 이러고 있냐. 진드기는 아직도 얼굴에 먼지가 묻은 채였다.

"야. 너 얼굴 좀 닦아야겠다. 들어와."

씻고 나온 애한테 앉으라고 하고 부엌에 들어갔다. 수박을 자를까 하다가 귀찮아서 귤과 천도복숭아만 꺼내 왔다. 진드기가 소파에 앉아 있는 풍경은 그야말로 합성사진 같았다. 친하기는커녕 껄끄러운 상대를 집까지 끌어들인 내 자신의 오지랖에 박수를.

"보충도 듣냐?"

완전 안 어울린다. 딱 봐도 공부 안 하게 생겼는데. 정희나는 어깨만 으쓱하더니 퀼트 테이블보를 가리키며 한마디 했다.

"이게 되게 많네."

"우리 엄마가 이거 해, 퀼트 강사."

전화, 텔레비전, 식탁, 소파, 덮을 수 있는 모든 곳에 퀼트가 있다. 알록달록한 천 조각들이 멀미 나게 많다. 소파 뒤 벽에는 장장 두 달 걸려 완성한 이불 크기의 대작이 걸려 있고.

"난 싫어해."

혹시나 날 너무 소녀 감성으로 볼까 봐, 괜한 말을 덧붙였다.

"아무리 부모님 가게라지만 그렇게 막 돈 빼 와도 되냐?"

"이 정도야, 용돈이라고 치면 돼. 알면서 모르는 척하는 거야, 거기도."

거기? 잠깐 헷갈렸다. 자기 부모님더러 거기라 하는 거냐.

"그럴 바에야 말하고 용돈 받아 오면 되잖아."

"그게 안 되니까 그냥 가져오는 거지."

살짝 짜증이 어린 목소리. 초조해 보이는 얼굴. 됐다, 내가 왜 얘랑 대화를 하고 앉았냐.

"언니 기다릴 거야?"

"아니. 가야지……."

일어나는데, 지금 내보내면 또 계단 앞에 앉았을 폼이다.

"야, 기다릴 거면 여기서 기다려. 밖에 앉아 있지 말고. 사람들 눈치 보여. 네가 내 친구인 줄 알 거 아냐."

244

가만히 올려다보는 얼굴이 좀 불쌍해 보이기도 하고.

"티비 볼 거면 봐. 배고프면, 빵도 있는데."

"이거면 돼."

귤을 하나 집는다. 그냥 두고 방에 들어가 버릴 수도 없고, 텔레비전을 틀고 나도 소파에 앉았다. 나란히는 말고 좀 멀찍이 떨어져서. 예능 재방송. 세타나인 나오는 걸 찾아 줄까 하다가 그렇게까지 친절을 베푸는 것도 좀 웃긴 것 같아서 그만뒀다.

진드기는 아까부터 핸드폰만 들여다보더니 갑자기 긴 한숨을 쉰다. 핸드폰이 울리는데, 뻔하지, 세타나인 노래로 해 놨다. 진드기는 전화를 받고서는 더 복잡한 얼굴이 되었다.

"어, 나도 봤어. 아니, 윤지 언니한텐 얘기 안 했는데. 괜히 걱정 끼치기 싫어. ……아니, 별말 없던데. 알긴 알겠지."

전화를 끊더니 또 길게 한숨을 쉰다. 하는 짓을 보니 한숨 쉴 만한 일이 많겠지. 네가 뭐라고 윤지 언니가 그렇게 신경을 써 줄까.

"오해가 생겼는데."

웬일로 먼저 입을 열더니 또 한참 말이 없다.

"얘길 해서 오해를 풀어."

완벽한 답을 제시했는데도 별로 감명 받은 얼굴이 아니다.

"근데…… 아주 오해라기엔 좀. 그럴 만한 오해라서."

"그래서 오해란 거야, 아니란 거야? 억울하단 거야, 아니란 거야?”

“억울하기도 하고…… 인과응보인가 싶기도 하고. 모르겠다, 어떻게 해야 할지.”

고급 어휘를 쓰네, 안 어울리게.

진드기가 고개를 숙이고 두 손으로 얼굴을 문질렀다. 묶지 않은 머리카락이 앞으로 쏟아졌다. 덥겠다, 머리끈 하나 줄까 싶은 마음이 들었다. 문득 윤지 언니네서 봤던 애의 얼굴이 생각났다. 그 좋다던 세타나인이 앞에서 방방 뛰고 있는데도 무표정했던.

“넌 세타나인이 왜 좋냐?”

“시비 거냐?”

“아니고, 진짜 궁금해서. 넌 별로, 좋아하지도 않는 것 같던데.”

“뭐?”

인상을 팍 쓰는데 좀 무섭다. 맞다, 애 좀 독한 애였지. 이러다나 우리 집에서 맞는 거 아냐? 티 안 나게 조금 물러나 앉았다.

하지만 진드기는, 정희나는 화를 내는 대신에 자기 두 손바닥을 들여다보았다.

“세타나인 싫어졌어? 그래 뭐, 좋아졌다 싫어졌다 그러는 거지.”

픽. 어이없다는 듯한 웃음.

“그게 아니라…….”

갑자기 짜증이 났다.

246

"됐다. 언니도 그렇고, 지들만 아는 뭐 있다는 식으로 말하는 거 진짜 짜증나."

넌 팬이 아니니까 몰라, 알아도 몰라, 봐도 못 봐, 들어도 못 들어, 그런 식. 언니 옆에 앉아 그 영상들을 다 보고 노래를 다 들어도 감흥이 없는걸. 좋아지지 않는걸. 차라리 세타나인이 좋아졌으면 이렇게 답답하지 않았을까.

아니, 좋아하기 싫다. 나는 절대 좋아하지 않을 거다.

"꼭 세타나인이 아니어도 상관없어."

정희나가 말했다. 그건 또 뭐야…….

"그냥 그렇다고."

다시 핸드폰을 보더니 정희나가 일어났다. 그리고 신발을 신고 현관을 나가기 전에 날 똑바로 봤다.

"오늘 미안했다. 고마웠고."

생각만큼 이상한 애는 아닐지도 모른다. 그렇다고 앞으로 쟤랑 친하게 지낼 건 전혀 아니지만.

소파에 늘어져 앉아 있는데 정희나가 말한 상관없다, 라는 말이 머릿속에 맴돌았다. 그냥 이해가 됐다. 꼭 세타나인이 아니어도, 좋아하고 열광하고 따라다닐 뭔가만 있으면 되는 거지. 사귀고 만나고 할 여자 친구가 필요해서 고백을 하는 애들도 많지. 그런 필요에 끼워 맞춰서, 좋아해.

그럼 난 같이 다니고 문자 보낼 친구가 필요해서 민주랑 친구가
된 건가? 친구가 필요한 건 사실이지만 꼭 그래서만은 아닌데. 민
주여서 그런 건데. 사실 난 정희나의 말을 제대로 이해 못한 건지
도 모르겠다.

민주에게 문자를 보냈다. 미안해, 정말 미안해. 그냥 빌었다.

"큰집 할머니가 돌아가셨대. 장례식장 갈 건데, 가예 너도 가야
지."

엄마가 말했다. 아빠는 그냥 자라고 했지만 잠도 안 오는데 따
라간다고 했다.

대학병원 장례식장에는 열한 시 가까운 늦은 시간에도 사람이
많았다. 아흔 넘어 돌아가셨으니 호상이라고, 슬퍼하는 사람은 없
었다. 차라리 후련한 것 같은 분위기였다. 환한 방에 앉아 있으니
하루가 끝나지 않고 계속 연장되고 있는 기분이었다. 민주에게서
는 아직 답이 없었다. 내일 학교 갈 때 민주 좋아하는 푸딩이라도
사 가지고 가야겠다.

배 안 고프다고 했는데도 내 앞에 육개장과 밥 한 공기가 차려
졌다.

"아, 먹기 싫은데."

"먹어, 그게 예의야."

엄마의 잔소리는 때와 장소를 가리지 않는다. 일단 아빠 그릇에 우거지를 덜고 있는데,

"가예야!"

누가 내 옆에 털썩 앉았다. 새 양복에 말끔한 머리, 종훈이 삼촌이 이렇게 깔끔하게 차려입은 건 처음 봤다.

"어, 종훈이 왔구나, 바쁘지? 여기서나 보네."

어른들이 반가이 맞이하자 삼촌은 바로 무릎 꿇은 자세로 고쳐 앉아 꾸벅꾸벅 인사하기 바빴다. 그러고 보니 명절 같다. 쉽게 못 보는 먼 친척들이 모였다.

종훈이 삼촌이 내 머리를 쓰다듬으며 안부를 물었다.

"고등학생 되니까 어때, 힘들지?"

"신입 사원만 하겠어."

"하여간 쟤는, 지가 어른인 줄 알아."

언제나처럼 타박 한번 하더니, 엄마가 몸을 앞으로 기울이고는 눈을 빛냈다.

"참, 삼촌. 그 아가씨한테 연락해 봤어요?"

"아, 윤지 씨요? 네."

종훈이 삼촌이 수줍게 웃었다. 이게 무슨 소리지. 한 술 억지로 넣은 밥을 삼키지도 못하고 들었다. 예, 요즘 윤지 씨도 그렇고 저도 너무 바빠서 바쁜 거 좀 가시면 보기로 했어요…….

"엄마! 내가 싫댔잖아!"

"아니, 얘가 왜 소리를 지르고 그래?"

엄마는 황당하다는 듯 날 봤다. 탁자를 짚고 일어서는데, 탁자 위에 깔린 흰 종이가 밀리면서 국이 엎어졌다.

"어머, 삼촌 옷! 이를 어째! 이가예! 뭐 하는 짓이야!"

"싫다고! 엄만 왜 내 얘긴 안 들어?"

국이고 뭐고, 사람들이 쳐다보는 것도 하나도 눈에 안 들어왔다. 아니, 보이긴 했지만 머리 끝까지 열이 올라서 하나도 신경 쓰이지 않았다.

그대로 복도로 뛰쳐나와서 언니에게 전화를 걸었다.

— 어, 가예야.

"언니! 우리 삼촌 만날 거야? 어?"

핸드폰 너머로 아무 소리도 안 들렸다.

"언니!"

— 안 만날게. 안 만나면 되잖아?

황당함이 충분히 전해지는 목소리였다. 갑자기 열이 확 식었다. 이게 뭐야. 나는 왜 이러고 있지…….

"이가예!"

뒤따라 나온 엄마가 내 등을 맵게 한 대 때렸다.

"너 진짜!"

250

엄마는 팔을 끌고 들어가 엎어진 국을 직접 치우라고 했다. 갑자기 울컥 눈물이 나올 것 같아서 기를 쓰고 참았다. 손톱이 손바닥에 박히도록 손을 꽉 쥐고서. 아빠와 종훈이 삼촌이 대신 다 치워 주고, 괜찮다고 말을 해 줄 동안에 나는 그냥 그 자리에 서 있기만 했다.

돌아오는 차 안에서도 엄마는 화를 냈다.

"쟨 좀 야단맞아야 해. 다들 어리다고 오냐오냐 하니까 아주, 아니, 거기가 어디라고, 상가집 가서, 어? 가정교육 못 시켰다는 말을 들어도 할 말이 없어, 내가."

"그만합시다. 종훈이도 괜찮다고 했잖아."

아빠 말도 소용없었다.

"너! 윤지 언니가 너 잘 받아 주니까 아주 친구인 줄 알지?"

나도 잘한 건 없다. 하지만 싫다고 했는데. 언니는 나한텐 말도 안 하고.

눈물이 철철 나서 뺨을 적시고 목까지 흘렀다. 소리 안 내려고 했는데 훌쩍거리는 소리가 들렸는지 앞에서 엄마가 소리를 질렀다.

"뭘 잘했다고 울어!"

"……라디오나 들을까."

아빠가 어색하게 혼잣말을 하면서 라디오를 틀었다.

평소라면 오글거린다고 듣지도 않을 감상적인 노래가 흘러나왔다. 어디서 들어 본 듯한 노래인데 가사가 가슴에 콕콕 와서 박혔다.

너는 내게 왜냐고 묻지만
그걸 말할 수 있다면 이렇게 되지도 않았어
지난 상처를 헤집는 일이 될까 봐
혼자 눈물 삼키며 돌아서지만

왜 화가 났냐면, 나한테 말 안 해서. 아무리 생각해도 언니가 잘못한 건 그거 하나밖에 없는 것 같은데, 난 왜 이렇게 화가 났고 또 왜 이렇게 억울할까.

언니가 나에게 다 이야기하는 게 아니구나, 처음으로 알았다. 아무리 가까이 있어도, 오래 안 사이여도 나는 너무 어려서, 유치해서, 이렇게 마음 내키는 대로 행동하고 후회하는 애라서.

빠르게 지나가는 자동차 헤드라이트 불빛이 눈물에 번져 일렁였다. 창문에 이마를 기대고 계속 울었다. 차라리 우니까 나았다.

노래가 끝나고 디제이의 멘트가 나왔다.

— 방금 들으신 곡은 세타나인의 혹시 나를 생각한다면이었습니다. 오늘 사연 보내 주신…….

아, 짜증나!

— 이따 건너와. 9시쯤.

언니 문자를 보고 또 봤다. 이렇게 언니 집에 가기 싫은 건 과외 처음 할 무렵 숙제 안 해 가서 혼난 이후로 처음이다.

예상 질문. 요즘 왜 그래? 어제 왜 그랬어?

나의 대답. 모르겠어. 아니면 묵비권. 진짜로, 뭐라고 해야 할지 모르겠으니까. 언니는 진짜 황당했을 거다. 그런데도 섭섭한 마음은 지울 수가 없다.

무거운 기분으로 현관문을 열었는데 깜짝이야, 언니가 문 앞에 서 있었다.

"뭐야?"

"산책 가자."

언니를 따라 아파트를 나왔다. 둘 다 아무 말 안 하고 상가까지 걸어갔다.

산책 코스는 정해져 있다. 상가를 통과해서 공원으로 빠져서, 공원을 한 바퀴 돌고 다시 상가로 돌아와서 여름엔 아이스크림, 겨울엔 호빵 하나씩 사 들고 집으로 온다. 가끔은 집 앞 놀이터에서 그네 한 번씩 타고. 그것도 언니가 이렇게 바빠지기 전에 했던 일.

상가 1층 서점 앞을 지나는데 언니가 진열장을 가리켰다.

"맞다, 저것도 이번에 신간 나왔어. 집에 있는데."

"나 그거 재미없어."

불쑥 말했다. 언니 얼굴은 보지 않고.

"왜, 재밌다며."

참고 말하는 것 같은 목소리라서 또 조금 눈물이 날 것 같았다.

좋아하지도 않으면서, 이걸 좋아하면 언니가 좋아할 거 같아서. 이런 말들은 속으로 삼킨다. 말을 안 하면 괜한 투정으로 비춰질 걸 알면서도 말 못하겠다.

언니한테 말하고 싶은 것이 늘어나는 만큼, 말할 수 없는 것도 같이 늘어난다. 언니가 좋아할지 싫어할지 판단할 수가 없어서, 유치하다고 할까 봐, 언니와 잘 맞는 사람으로 보지 않게 될까 봐.

공원에는 운동하는 사람들, 산책 나온 사람들이 많았다. 벤치마다 드러눕거나 부채를 부치고 있는 사람들. 밤이어도 더웠다.

"잠깐 앉았다 가자."

빈자리도 없는데 굳이 그런다. 화단 턱에 걸터앉았다. 나뭇가지가 등을 찔렀다. 모기 물릴 것 같은데. 부채라도 가져올걸······.

뭔가를 얘기해야 할 분위기인데, 얘기하기 싫어서 폰을 꺼냈다. 괜히 민주한테 문자 온 게 없나 뒤적였다.

언니도 자기 폰을 보고 있다. 내가 먼저 딴청 피운 거면서도 언니가 다른 짓 하고 있으니까 기분이 또 좀 별로였다.

"뭐 봐, 세타나인?"

"아니, 그냥 블로그."

들여다봤다. 어차피 뭐 세타나인 관련된 블로그겠지. 역시나 세타나인의 사진이 있고, 몇 줄의 글. 두 문장이 딱 눈에 들어왔다.

그 어떤 사랑도 일방적이지 않다.
받는 게 있으니까, 주고 싶다고 느끼는 것이다.

사랑은 무슨 사랑이야, 오글거린다, 그러고 마는 게 나다운 건데, 지금은 기분이 좀 이상했다. 그 글이 정말일까. 진짜로 이 사람은 사랑을 받는다고 느끼는 걸까. 세타나인은 이 사람을 알지도 못할 텐데. 무차별로 뿌려지는 비를 맞고도 하늘에 감사하는 그런 건가.

"난 진짜 모르겠어. 어차피 다 환상이잖아."

불쑥 말했다. 환상이라는 단어가 어디서 떨어졌나 모르겠다. 그런 생각 해 본 적 없었는데 말이 그냥 나왔다.

언니는 핸드폰을 무릎 위에 내려놓고 고개를 젖혀 하늘을 봤다.

"그치. 그런데…… 그렇게 치면 모든 게 환상인 거잖아. 가족도, 친구도, 연인 같은 것도. 서로 잘 맞아떨어지는 환상."

그럼 나는 언니에 대해서 환상을 가지고 있는 걸까. 언니가 나를 특별하게 대하고 있다는 것도 내 환상일 뿐이고……. 그렇게 생각하면 너무 마음 아픈데.

"그런데 중요한 건, 우리가 그 환상을 믿는다는 거야. 알면서 속아 준다는 말은 너무 얄팍해. 속아 준다니, 자비라도 베푸는 것처럼. 환상을 붙들고 있는 건 이쪽인데. 나는 내가, 너무 환상을 가지고 있는 거 같아서 미안해."

"누구한테?"

"제드하고 서하한테. 내가 너무 부담을 주는 거 같아서. 나 하나가 아니라 수십만 명, 아니, 더 많은 사람들이 자기의 환상에서 비롯한 잣대를 들이밀고……. 맞지 않으면 비난하고."

……중증이라고 놀릴 생각도 안 든다. 언니가 얼마나 진지한지 아니까.

"대신 인기도 얻고 돈도 벌잖아. 어떻게 다 가져."

"근데, 좋아하는 마음이 그렇게 계산하듯 되는 게 아니잖아. 내가 많이 주니까 너도 힘든 거 감당해라, 이건 싫어. 주는 대로 받아내겠다. 이건 더더욱 아니고."

언니가 나에 대해 말하는 게 아닌데, 자꾸 나를 대입시키게 된다. 내가 언니를 생각하는 것만큼 언니가 나를 생각해 주지 않는 게 싫었다. 그게 계산인가. 그럼 그건 순수하지 못한 건가.

"뭐라도 해 주고 싶은 거지, 좋아한다는 건."

언니는 다리를 쭉 폈다.

나는 받고 싶은데. 아주 짧은 시간이라도, 스치는 눈빛이라도,

쓰다 만 쪽지라도 받고 싶은 마음이 이기적이라고 할 수 있을까.

김준현에게서 고백 받은 게 까마득하게 느껴졌다. 나는 그 이야기를 언니에게 말하고 싶었을 뿐인데. 지금은 거기에 뭔가 너무 많이 덧붙여져서, 쉽게 웃으며 말할 수는 없을 것 같다.

트랙을 빙빙 돌고 있는 사람들을 멍하니 보고 있는데,

"앗, 뜨거!"

갑자기 언니가 발을 움켜쥐며 뒤로 물러났다. 그러다 화단으로 쓰러지고 말았다.

"아이고, 그렇게 왜 땅바닥에 앉아 있어!"

바닥엔 아직 연기가 피어오르는 담배꽁초. 꽁초를 던진 아저씨는 뻔뻔하게 한 소리 하더니 그냥 가던 길을 가려 했다. 아, 제대로 열 받는다.

"아저씨, 사과하셔야죠!"

아저씨가 홱 돌아서는데, 인상이 험악해서 좀 쫄았다. 그래도 할 말은 할 거다.

"쓰레기는 쓰레기통에 버리셔야죠. 그리고 공원에서는 원래 담배 피면 안 되잖아요."

"아니, 어린 학생이 어디 어른한테 따박따박 따지고 들어? 그렇게 배웠어?"

"죄송합니다, 죄송합니다."

언니가 사과를 하고, 일행인 아줌마가 팔을 잡아끌자 아저씨는 투덜거리면서 가던 길을 갔다. 화가 안 풀려서 죄 없는 언니를 잡았다.

"우리가 뭘 잘못했는데? 누가 봐도 저 아저씨가 잘못한 건데!"

"어른이잖아."

"어른이면 어른답게 행동해야지!"

"아이고, 이가예. 언제부터 그렇게 정의로웠어?"

언니가 장난스레 내 목에 팔을 둘렀다. 더운 온도가 몸 한쪽을 덮어 오자 속의 열은 순식간에 가라앉았다. 동시에 언니가 내게 발휘하는 영향력이 새삼스러웠다. 우스웠다. 아니, 처량했다. 아니…… 만족스러웠다.

분수대 쪽으로 걸었다. 아직도 잠자리에 들지 않은 어린애들이 물이 솟아오르지 않는 분수 주변을 뛰어다니고 있었다. 마음이 이상하게 차분했다. 비꼬거나 자학하지 않고도 이야기를 할 수 있을 것 같았다. 솔직하게.

"언니는 왜 남자 친구 안 만들어? 세타나인 때문에?"

"아니, 꼭 그런 건 아닌데……. 그만큼, 마음을 다해서 좋아할 만한 사람을 아직 못 만났어. 별로 아쉽지도 않고. 지금 내 할 일 하기도 바쁘고."

"세타나인 좋아할 시간은 있잖아."

내 말에 언니는 그냥 웃었다. 대답할 마음 없다는 듯.

"그럼 세타나인은 왜 좋아?"

"그건 왜 물어보는데?"

정희나처럼 언니도 바로 대답해 주지 않는다. 내가 그렇게 시비 거는 거 같아? 하긴. 지금까지 진짜로 시비 걸며 많이도 물어봤었지. 하지만 지금은 다른데.

"설명할 수 있으면 그게 좋아하는 거겠니. 그냥, 좋아하지 않는 게 어떤 건지 모르겠어. 지금까지 계속 좋아해 왔으니까."

"나랑 정반대네. 나는 그냥…… 좋아한다는 게 뭔지 잘 모르겠어."

중얼거렸다. 나를 좋아한다고 말하는 김준현. 세타나인이 좋다는 언니, 이세영. 좋아하는 게 있는 사람들은 어떻게 그렇게 자신 있게 좋다고 할 수 있을까.

"휘둘리는 거잖아."

작은 일에 기뻐하고 슬퍼하고 화내고 좋아하고. 그게 뭐야. 자기 일도 아닌 일을 가지고 그렇게 마음을 쓰고.

"그치. 그런데, 휘둘리고 싶을 때도 있잖아. 우리 인생이…… 그렇게 대단한 일이 없는데. 저 꼭대기부터 저 바닥까지 오가는 경험은 흔하지 않잖아. 휘둘릴 수 있는 상대를 가지고 있다는 건, 정말 축복받은 일이야."

좋아한다는 게 휘둘리는 거라면, 나는 이미 충분히.

검은 나무들의 윤곽 위로 흐릿한 회색의 밤하늘. 별들은 희미하게만 보였다. 그래도 너무 많았다. 난 그 많은 별들까지는 관심도 없다. 몇 천 광년, 그 엄청난 소리를 아무렇게나 하는 우주 따위. 지금 지구 위에 있다는 걸 의식하는 것만으로도 벅차다.

"난 지구를 떠나고 싶진 않아."

엉뚱한 소리를 했다.

"우주는 너무 넓잖아. 차갑고, 멀어."

"넌 옛날부터 그랬어, 무섭다고."

언니가 조용히 대답했다. 기억하고 있구나. 그 말이, 그 사소한 말이 마음을 어루만졌다. 부드럽게, 서늘하게. 그 느낌만큼은 환상이 아니었다.

언니가 기지개를 켜면서 물었다.

"토요일에 무슨 영화 보고 싶어?"

"영화는 왜? 언니 콘서트 가잖아."

얼떨떨해져서 되물었다.

"토요일은 안 가기로 했어, 일요일만 갈 거야."

"진짜?"

"어, 표 넘겼어."

반짝, 머릿속에서 아니, 가슴속에서 뭔가 반짝인다. 입가가 씰

룩대는데 표정 관리하면서 물었다.

"안 가도 되겠어?"

"에휴."

언니가 장난스럽게 한숨을 쉰다.

"세타나인은 또 볼 수 있지만……."

나는 왜, 나는 매일 보는데. 좀 기분이 이상해지는 말이다.

"열여섯 이가예는 이제 끝이잖아, 생일 지나면. 너 이제 조금만 더 크면 늙은 언니랑 놀려고 하겠니."

그런 날이 올까. 대학생이 되고 더 많은 사람들을 알게 되고 더 넓은 곳에 자유롭게 오가게 되면 언니를 더 이상 찾지 않게 될까. 그때 그랬잖아, 하고 웃으며 지금을 회상하게 될까.

"그래도 종훈이 삼촌은 만나지 마. 별로야."

괜히 삐뚤게 말해 봤다.

"소개팅도 안 돼? 이야, 남자도 이가예 허락받고 만나야 해?"

언니가 억울한 척한다.

"언니, 세타나인까지 받아 줄 사람은 많지 않을걸."

"내가 한심해?"

언니가 농담처럼 물었다.

"한심해. 그래서, 좋아해."

담담하게 말했더니 언니는 크게 웃었다.

언니는 끝내 어젯밤 왜 그런 거냐고는 묻지 않았다. 궁금하지 않아서? 아니면…… 다 알아서.

"자, 여기."

차마 받지 못하고 봉투를 노려봤다. 하얗고 반질반질한 봉투. 안절부절못하겠다. 나 토요일에 이거 못 가는데, 윤지 언니랑 놀기로 했는데. 내가 왜 이걸 달래 가지고……. 이세영이 알게 됐으려나, 내가 자기 표 가로챘다는 거. 아까도 학교 오자마자 나한테 막 인사하고 그랬는데…….

"왜, 받아도 돼. 오해 안 할게. 어차피 넌 나 안 좋아하잖아."

김준현이 아무렇지 않게 말했다. 한 대 맞은 것처럼 얼얼한 기분이 들었다.

"근데 왜 줘?"

김준현의 웃음이 옅어지고, 심란한 얼굴 표정이 드러났다.

"좀, 네가 나 갖고 장난치나 싶기는 한데."

아니라고 말을 못하겠다. 휘둘리는 거잖아, 하는 언니의 말이 떠올랐다. 내가 지금까지 너무 몰랐구나. 나를 좋다고 하는 마음이 어떤 건지 정말로 진지하게 생각해 보지도 않았다.

"미안, 근데 나 이거 안 갈래."

봉투를 다시 내밀었다. 김준현은 그럴 줄 알았다는 듯이 냉큼

262

봉투를 받았다.

"……이세영 줄 거야?"

아, 찌질해. 나는 끝까지 찌질하다.

"주지 말까?"

"줘! 줘라, 줘!"

"주는 거 아니고, 팔 건데."

"어?"

"팔 거라고, 이세영한테. 이 비싼 걸 어떻게 그냥 주냐."

이건 또 뭔 소리래. 나는 완전 얼떨떨한 표정을 지었을 거고, 김준현은 부들부들 웃음을 참고 있다. 겨우 정신을 차리고 한 소리 했다.

"야, 초대권을 돈 받고 파냐? 너 진짜 나빴다."

"그럼 그냥 줘? 알았어, 네가 그러라면 그럴게."

"……얼마 받으려고."

"나도 양심이 있으니까, 반값만 받을 거야. 그래도 이세영은 횡재한 거지. 어…… 돈 받으면 맛있는 거 사 줄까?"

"됐어. 네가 왜?"

"말했잖아, 너 좋아한다고."

갑자기 심장이 덜컹 내려앉고, 얼굴이 달아올랐다. 처음 고백을 받았을 때는 아무 느낌 없었는데, 지금은 눈 둘 곳을 몰라 방황하는 내 눈동자가 적나라하게 느껴졌다. 야, 김준현, 너 지금 웃으면 죽는다…….

"이가예!"

복도 끝에서 민주가 날 불렀다. 김준현한테는 뭐라고 대꾸도 못하고 그대로 돌아서서 삐걱거리며 복도를 돌아 걸어갔다. 뒤에서 웃음 참는 소리가 분명히 들렸다.

아직도 모르겠다. 나를 좋아해 주는 마음이 어떤 건지. 나도 내가 싫은데 왜 날 좋다고 하는지. 하지만 적어도…… 용기 있다는 건 인정한다. 말하면 더 복잡해지기만 하는데, 돌이킬 수 없을지도 모르는데, 우주 속으로 던져지는 걸 감수하고서 말하는 용기.

그게 부럽진 않다. 조급할 건 없을 것 같다. 민주와는 투닥거리면서도 또 잘 지내겠지. 언니는 나랑 영화를 보면서도 콘서트 소식이 궁금해서 핸드폰을 힐끔거리겠지. 그럼 나는 짜증을 부릴 거고, 그러다가 또 웃고 얘기할 거다.

아직은, 그런 지금에 머물고 싶다. 여기 나를 꽉 붙드는 이 행성의 중력 안에서.

작가의 말

　예전에는 이야기의 시대 배경을 쉬이 짐작할 수 없도록 하는 데 신경을 쓰곤 했다. 핸드폰은 어쩔 수 없이 등장하지만 다른 전자 기기나 기술, 시대를 짐작하게 할 만한 구체적인 사건이나 유행 타는 소재는 되도록 언급을 피했다. 나중에 읽어도 옛날이야기처럼 느껴지지 않기를 바라서였는데, 그러다 보니 연습생이나 블로그, 오디션 프로그램처럼 몇 년 지나면 그 의미가 완전히 바뀌거나 사라져 버릴 수 있는 것들을 다루는 일이 처음엔 어색했다. 다만, 이야기의 초점이 문화의 현상이 아니라 기저에 있는 무엇이라면 괜찮을 것이라고 생각했다.

사라지는 것과 사라지지 않는 것.

낡아지는 것과 새로워지는 것.

처음엔 아이돌 팬덤 자체가 흥미로웠다. 누군가에겐 애정과 동경의 대상, 누군가에게는 잘 포장하여 팔아야 할 상품. 받아들이는 사람에게는 삶의 동력, 관심 없는 사람들에게는 시간 낭비. 혹은 그렇게 가치평가를 내릴 수 없는, 더 깊은 곳에 있는 것들이 궁금했다. 가볍고 무거운, 얇고 두터운, 뜨겁고 차가운 층들이 그 안에 있었다.

'좋아하는' 쪽에 섰을 때 1편의 초고를 썼고, 연작 아이디어만 가진 채 한동안 '좋아하지 않는' 시기를 거쳤다. 이 연작을 완성하기 위해 슬슬 그 판을 들여다보고 그동안 한 귀로 듣고 한 귀로 흘렸던 이름들과 노래와 영상을 찾아보며 관심 있는 팀도 생기던 차에 2014년 4월 16일, 세월호가 가라앉았다.

많은 이들이 그랬듯이 나도 펜을 놓았다. 현실이 이런데, 이런 이야기를 써도 되는 걸까. 내가 너무나 터무니없고 무책임하고 잔인한 일을 하고 있는 것 같았다. 그리고 지금도 그 느낌은 돌연히 찾아온다. 차라리 신을 원망할 만한 일이었으면 받아들이기 쉬웠을 것이다. 날카롭게 살갗을 파고드는 건 '벌어지지 않을 수도 있었다'는 그 엄청난, 완전히 짓밟혀 버린 가능성이었다.

나는 지금껏 우리 사회가 십대들에게 가하는 압박에 대해서 유보적인 입장을 취해 왔다. 긍정하진 않지만 그런 압박 속에서도 나름의 꽃을 피워 내는 게 십대 특유의 에너지라고 생각했다. 하지만 일단은 살아야, 살아 있어야 저항을 하든 순응을 하든 할 게 아닌가. 이 사회가 지독히도 왜곡되고 일그러져 있다는 것을, 훗날 어떻게 잘 넘겼지 하고 갈무리될 수준이 아니라는 것을 똑똑하게 알게 된 것이다.

누구도 제대로 구해지지 못했고 치료받지 못했고 위로받지 못했고, 제대로 된 대답조차 듣지 못하고 있는 상황 속에서, 나는 조금씩 이야기를 이어 가게 되었다. 구체적인 계기는 없다. 다만 몇 가지 이미지와 이야기들이 있다. 주인 잃은 방의 벽마다 빼곡히 붙은 어느 그룹의 사진들. 영정사진을 들고 아이가 좋아하던 그룹의 콘서트에 간 아버지. 충분히 상상할 수 있었다. 컴백과 콘서트를 기다리며 그 배 안에서도 이야기를 나누었을 아이들을. 그래서 왜, 라고 설명하진 못하겠다. 그저 끝까지 쓰고 싶었다.

사라지는 것과 사라지지 않는 것.
낡아지는 것과 새로워지는 것.

애도의 분위기는 점점 사라지고 있다. 하지만 세월호가 던지는 질문들은 사라지지 않는다. 정의라든지 희망, 진실 같은 말들이 유행 지난 옷처럼 낡은 취급을 받는 지금도 그 말들이 지닌 가치는 새로워진다. 어쩌면 이건 그저 내 믿음일지도 모르지만 진실에 대한 믿음은 절망에 중독되지 않는 하나의 방법이라고, 나는 '믿고' 있다.

이 네 편의 이야기는 모두 모른다는 것에 대한 것이기도 하다.

왜 떠나가는지, 왜 돌아왔는지, 내 옆에 있는 사람의 진짜 모습은 뭔지, 내 마음이 어떤지, 그래서 어떻게 해야 하는 건지도 알지 못한다. 답은 쉬이 주어지지 않고, 그저 그 상황에서 할 수 있는 일을 한다. 크고 작은 선택을 하고 그에 따라오는 것을 감내하거나 포기하고, 그렇게 삶의 결을 쌓아 간다.

글을 쓰는 것 또한 그렇다. 답이 있어서, 뭔가를 알아서 쓰는 게 아니라 모르기 때문에 쓸 이유가 생긴다. 온 힘을 다해 그 '모름'에 응답하는 것이 내가 택한 삶의 방식이다. 그리고 그런 기회조차 빼앗긴 이들이 있음을 기억하는 것이, 살아 있음을 증명하는 또 하나의 방법이라 믿는다.

2015년, 김혜진